Jens Wonneberger
Pension Seeparadies
Roman

müry salzmann

1

Winkler hatte schlecht geschlafen in dieser Nacht, aber müde war er dennoch nicht. Gehen, dachte er nun, du musst jetzt gehen, egal wohin, einfach nur gehen. Und ging also mit entschlossenen Schritten bis zur Strandpromenade, deren einst mondäner Glanz freilich nur noch auf den Reproduktionen der Ansichtskarten mit Bildern aus der Kaiserzeit matt schimmerte, in Sepia oder nachträglich koloriert, wenn die Touristen vor den Souvenirbaracken zwischen Sonnenbrillentürmen und vielgeschossigen Stellagen voller mit Vornamen beschrifteter Kaffeetassen im Vorbeigehen die Ständer drehten. Die Strandpromenade, die im Sommer einem belebten Jahrmarkt glich, jetzt in der Nachsaison aber, erst recht so früh am Morgen, wie ausgestorben war zwischen den angeketteten Stühlen, zusammengeklappten Sonnenschirmen und manchem Unförmigen, das sich noch gut verschnürt unter dunkelgrünen Wetterschutzplanen verbarg. Über die Estrade des Konzertplatzes trieben Papierreste, irgendwo klirrten leere Flaschen. An der Spitze einer glänzenden Metallstele zeigten vier Uhren die Zeit in alle Himmelsrichtungen: kurz nach sieben. Es war Mitte Oktober und vor dem kleinen Supermarkt, in dem, das hatte er gestern bemerkt, im Kassenbereich schon die ersten Pfefferkuchen und Schokoladenweihnachtsmänner Spalier standen, hatte jemand einen Wischeimer ausgekippt,

in der Pfütze schwamm zwischen den Schaumresten noch das letzte Licht der Straßenlaternen. Ein paar Krähen zogen auf der Suche nach Fressbarem Plastiktüten und Papierfetzen aus einem Abfallkorb, aufmerksam beobachtet von zwei Möwen, die kampfbereit auf der Reling eines als Spielgerät aufgestellten Piratenbootes Stellung bezogen hatten und unruhig hin und her traten, nervös mal den einen Flügel hebend, mal den anderen. Irgendwo, dachte Winkler, ist immer Krieg.
Die seltsamen Bänke, flache, langgestreckte Monolithe aus geschliffenem Granit und noch vom Tau befeuchtet, ließ er links liegen, etwas an ihnen kam ihm falsch vor, um darauf zu sitzen, wären sie jetzt ohnehin zu kalt, während sie in der Mittagssonne wahrscheinlich zu heiß sein würden, außerdem war über Nacht Wind aufgekommen, da war es besser, zu gehen, egal wohin. Immer den Schuhspitzen nach, hatte es in seiner Kindheit geheißen. Im Vorbeigehen riss er etwas von einem Strauch, wie er es immer tat, wenn er nervös war, es war gut, etwas in den Händen zu haben, diesmal war es das Blatt einer Kartoffel-Rose, zwischen deren Blättern und den apfelförmigen Hagebutten eine verspätete Blüte das Verblühen verweigerte und dunkelrosa leuchtete. Auf einer der Bänke, fiel ihm ein, hatte er gestern mit Britta gesessen, in jener kurzen Spanne, in der man auf diesen sogenannten Bänken überhaupt sitzen konnte, diesem Licht des frühen Abends, als das Meer faltenlos

und unbewegt wie Blei war, bis die Sonne, es vergoldend, sich langsam gesenkt und es dann am Horizont berührt hatte, schließlich ins Meer eingetaucht war. Es war schön gewesen, und er hatte zu lange hingesehen, so dass ihm die Sonne, als er den Kopf abgewandt hatte, vor Augen geblieben und auch über dem Wald und dann in Brittas Gesicht noch eine Weile aufgeflammt war, selbst als er die Augen geschlossen hatte, war das Leuchten geblieben, ähnlich jener Nachsaison-Blüte der Kartoffel-Rose. Winkler zerrieb das Blatt zwischen den Fingern und warf es weg, zog sich die Kapuze über den Kopf, nahm den durch eine schmale Öffnung zwischen den Dünen führenden Bohlenweg und stapfte dann hinunter zum Strand, der jetzt zum Glück noch menschenleer war, sicher wegen des Wetters, nur fern, wo der helle Sand einen sanften Bogen beschrieb, und eine Wasserlache silbern glänzte, stemmte sich eine Gestalt gegen den Wind, noch war nicht zu erkennen, ob sie näherkam oder sich entfernte. Oder war es nur ein Stück Schwemmholz, das jemand in den Sand gerammt hatte, ein mannshoher Baumstrunk, der Pfosten eines Warnschildes? Hundestrand. FKK-Bereich. Baden auf eigene Gefahr! Er dachte an Britta, die jetzt wahrscheinlich noch im Bad vorm Spiegel stand und sich, so hoffte er, keine Sorgen machen würde, denn es war nicht ungewöhnlich, dass er das Zimmer früher als sie verließ und dann beim Frühstück auf sie wartete. Erst an dem kleinen Ecktisch, der seit ein paar Tagen jeden Morgen in der Pension für sie hergerichtet war, würde sie sein Fehlen bemerken, aber bis dahin war noch Zeit.

Während seine derben, marschfesten Schuhe bei jedem Schritt im weichen Sand versanken, erinnerte er sich, wie sie gestern auf der Bank an der Promenade gedankenverloren den breiten Silberring, er war vor Jahren sein Geschenk zu ihrem Geburtstag gewesen, an ihrem Finger gedreht hatte, als wolle sie damit einen Zauber auslösen. Vielleicht war sie auch nur nervös gewesen, dachte er jetzt, das Krächzen der Krähen im Ohr, doch gestern hatte er den Zauber gefürchtet, der, so jedenfalls war es ihm vorgekommen, bewirken sollte, dass er verschwinde, sich auf der Stelle in Luft auflöse, denn noch nie hatten sie so heftig miteinander gestritten, noch nie nach einem Streit so lange geschwiegen, nur in Gedanken hatte er unentwegt mit ihr gesprochen, sie angefleht, ihn nicht zu verlassen, und dann wortlos seine Hand auf ihre Finger gelegt, als nerve ihn nur ihre Spielerei mit dem Ring. Außerdem, fiel ihm ein, hatte er letzte Nacht von Bergthaler geträumt.

Vom schrillen Schrei der Möwen aufgeschreckt, blieb er stehen und blickte noch einmal zurück, sah, wie sie sich im Tiefflug in den Kampf um ein Stück Brot stürzten, das, von den Krähen verbissen verteidigt, immer wieder über den Asphalt wirbelte. Die Möwen, sich offenbar ihrer Überlegenheit sicher, wirkten dabei seltsam gelassen, während die Krähen, das schwarze Gefieder zerzaust, hektisch mit den Flügeln schlugen, als gestikulierten sie um Hilfe. Dann, als er die Strandkörbe passiert und den in Schwüngen aufgehäuften glitschigen Filz aus Tang und Seegras überstiegen hatte, wurde der Sand dunkler und fest, die Wellen der letzten Nacht hatten ihn verdichtet, bei jedem Schritt quoll Wasser aus dem Boden und bildete vor seinen Fußspitzen kleine blasige Halbmonde, die gleich wieder verschwanden, während sich der Sand in exakt gepressten zackigen Formen, die das grobe Profil seiner Sohlen nachbildeten, von den Schuhen löste und auf seine Spur fiel. Das monotone Rauschen des Meeres klang wie verschlafen, und dann das: *Er gehört zu mir, wie mein Name an der Tür.* Die Behauptung hatte gestern beim Abendessen die Boxen vibrieren lassen. Pension *Seeparadies*, die Zimmer waren in Ordnung, das Essen gut, aber diese Musik, es musste das Lieblingslied der Chefin sein, an der Wand hing ein Autogrammfoto der Sängerin, und das Lied fehlte an keinem Abend. Winkler hatte Halbpension gebucht, es gab also kein Entkommen, doch gestern war ihm die Musik lauter und aufdringlicher als an den Tagen zuvor erschienen, was wahrscheinlich an ihrem Schweigen gelegen hatte, das Britta nicht einmal beendete, als am Nachbartisch ein Mann mit dem Löffel im Takt des Liedes gegen sein Weinglas schlug, und das auch noch falsch, was Britta, durch ein Jahresabonnement für die Philharmoniker als Expertin legitimiert, gewöhnlich nicht unkommentiert gelassen hätte. Aber Britta hatte geschwiegen, und während dessen Frau, die Augen halb geschlossen, verträumt den Kopf wiegte, klimperte dieser Kerl ungeniert weiter, pensionierter Lehrer, vielleicht sogar Studienrat a.D., hatte Winkler gestern getippt und sich gefragt, ob man auch ihm das Lehrersein, wie Britta manchmal behauptete, anmerkte, und was er, nach seinem Beruf gefragt, nach diesem peinlichen Auftritt eines mutmaßlichen Kollegen antworten würde. Jetzt waren die Wörter und die Melodie dieses Liedes plötzlich wieder in seinem Kopf und ließen sich nicht vertreiben, *Er gehört zu mir, wie mein Name an der Tür*. Glaubt man den einschlägigen Ratgebern, müsste man jetzt Kaugummi kauen oder ein Rätsel lösen, guter Rat muss nicht teuer sein, aber er hasste Kaugummis, schon nach ein paar Minuten schmerzten ihm die Kiefergelenke und der fade Geschmack ekelte ihn, und dann wusste man nicht wohin mit dem klebrigen Rest, seine Schüler klebten ihn einfach unter die Bänke, es war widerlich. Er hätte jetzt gern geraucht, aber der Wind…, also suchte er in der Ferne nach der Gestalt, die zu allem Überfluss tatsächlich näherkam, wenngleich noch immer kaum mehr zu erkennen war als jener krampfhaft erhobene Arm, dessen Hand offenbar einen Hut festhielt, und Winkler sich fragte, wer denn heute noch und dann bei diesem Wind einen Hut trug? War das schon das rettende Rätsel gegen den Ohrwurm? In den letzten Tagen hatte er in den

Morgenstunden gelegentlich ein paar Gassigeher getroffen, die hoffnungsfroh kleine schwarze Plastiktüten in der Faust hielten oder nach erledigtem Geschäft wie Handgelenkstäschchen am gekrümmten Zeigefinger baumeln ließen, während die Hunde gern seine Hosenbeine beschnupperten oder gar mit ihren dreckigen Pfoten und sabbernden Schnauzen hechelnd an ihm hochsprangen, *Er gehört zu mir, wie mein Name an der Tür,* was die zugehörigen Frauchen oder Herrchen natürlich amüsierte, und ganz selbstverständlich, sind sie nicht süß!, erwarteten sie auch von ihm, dass er den kläffenden Vierbeinern den Nacken kraulte oder wenigstens ein vernehmbares Zeichen der Freude und Anerkennung zeigte. Oder die Jogger, die, in ihren knallbunten Outfits zukünftigen Olympioniken ähnlich, keuchend vorbeitrabten oder sich in schlabbrigen T-Shirts als Werbebotschafter ihrer Kreissparkasse oder des örtlichen Getränkehändlers quälten, wobei sie dafür, man will mit seiner Botschaft ja schließlich gesehen werden, obwohl schweißnass, vor allem die Strandpromenade für geeignet hielten, an deren jähem Ende sie dann einen Moment tänzelnd auf der Stelle traten, wie an einer gedachten Grenze, an der sie nicht weiter wussten, und dabei drückten sie die Finger gegen die Kopfhörerstöpsel, als erwarteten sie von dort eine Antwort, und dehnten und streckten sich dann, bis ihnen der Rückweg wieder einfiel. Erst gestern war ihm so ein Läufer, ach was, ein Sprinter begegnet, mit einem kleinen schwarzen Kästchen am Oberarm, eine Black Box hatte Winkler gedacht und sich vorgestellt, dass man, sollte der Läufer straucheln, stürzen und nicht zurückkehren, nach dem Gerät suchen würde, um Aufschluss über die Ursache seines plötzlichen Ablebens zu erlangen.

Am Himmel, knapp über dem Horizont, hielt sich noch der rötlich-violette, an einigen Stellen rosa glänzende Schimmer der Morgendämmerung. Er hatte inzwischen die ersten Buhnen erreicht, die Wellen brachen sich schäumend an den letzten Pflöcken, wo gestern noch, bei glatter, spiegelnder See, ein Kormoran seine Flügel entfaltet und in der Sonne getrocknet hatte, regungslos wie der Angler, der unweit der Pfahlreihe, bis über die Brust eingesackt in eine dunkelgrüne Wathose, im hüfthohen Wasser erstarrt war. Und während er daran dachte, nahm er sich vor, seine Schüler im nächsten Diktat mit dem Satz *Mit Wathosen über den Waden watet Walter durchs Watt* zu konfrontieren. Jetzt begleiteten ihn zwanzig bis dreißig Strandläufer, die wuselig und unbeirrt vor ihm dahintrippelten, als wollten sie ihm den Weg zeigen. Ging er schneller, beschleunigten auch die kleinen Vögel ihr Getrippel, *Er gehört zu mir, wie mein Name an der Tür,* wurde er langsamer, verharrten auch sie, ein Schwarm eifriger Jünger, die auf Tuchfühlung bedacht waren. Winkler hatte keinen Namen an seiner Tür gehabt, damals in der Gebrüder-Grimm-Straße, Mansarde, zwei Zimmer mit Blick in den Hof, das Klo auf halber Treppe, es war einmal, kein Name an der Tür, aus Angst vielleicht, aber wovor? Er wusste es nicht mehr, vermutlich aus Hochmut oder weil er sich selbst erst noch finden musste. Kein Name also, dafür baumelte ein Bleistift an einem Faden neben dem kleinen, von einem Nagel durchspießten Notizblock, auf dem Britta, als sie noch keinen Schlüssel zu seiner Wohnung besaß, wenn er nicht zu Hause war, eine Nachricht hinterließ, manchmal auch nur einen rätselhaften Satz, dessen Sinn sich ihm nicht sofort erschloss. Manchmal schien es, als sei sie, wohlwissend, ihn nicht anzutreffen, nur an die Tür gekommen, um einen ihrer Rätselsprüche zu hinterlassen. Einige dieser Zettel besaß er noch immer, obwohl er die Sätze längst auswendig konnte. Auf den ersten Blick schienen sie wie eine Mischung aus Kalendersprüchen und Weisheiten aus Glückskeksen, so dass Winkler anfangs Zweifel gehabt hatte, ob tatsächlich Britta ihre Urheberin war, doch der Austausch oder die Verdrehung einzelner Wörter gab den Sätzen immer einen Schubs ins Subversive oder Rätselhafte, was gut zu ihr passte. Brittas Handschrift dagegen war gleichmäßig gewesen und war es noch immer, mehr gezeichnet als geschrieben, es war eigentlich keine Handschrift, sie hatte kaum etwas Persönliches und glich eher den Vorlagen zum Erlernen einer Schrift, die in den frühen Schulheften Schönschrift hieß, als habe sie ihren Gedanken die Individualität nehmen oder ihnen etwas kindlich-naives bewahren wollen. Seine eigene Handschrift dagegen war wirr und hektisch, ein Grafologe hätte seine Freude daran gehabt, manchmal konnte er sie selbst kaum lesen, weshalb er sich bei den Kommentaren, die er gelegentlich unter Schüleraufsätze zu schreiben hatte, einer mühsam modellierten Schrift bediente, so dass ihm auch sein Urteil fremd und nur wie eine Ansammlung von Floskeln erschien. *Er gehört zu mir, wie mein Name an der Tür.* Das war keiner von Brittas Sätzen, dachte er, als schon die Farbe des Trenchcoats zu erkennen war, wenn man denn Grau als Farbe bezeichnen kann, der Mantel reichte dem oder der Entgegenkommenden bis über die Knie, wurde dort aber vom Wind auseinandergerissen, so dass die Schöße sich blähten wie zu einem Flügelschlag. Auch ein roter Schal flatterte im Wind. Ein Hund war zum Glück nicht zu sehen, obwohl die Nachsaison eigentlich die Hochsaison der Hunde ist. Während die Gestalt immer näher kam, überlegte Winkler, welche Rasse zu einem Hutträger im Trenchcoat passen könnte, ein Basset vielleicht oder doch eher ein Cocker Spaniel?, auf jeden Fall etwas mit hängenden Ohren, dachte er, doch dann war die Person plötzlich so nahe, dass die Strandläufer zwischen ihnen aufflogen, sich knapp über dem Wasser flatternd gegen den Wind warfen, sich aber sofort zurückwehen ließen und hinter ihm landeten. Wie beleidigt trippelten sie danach einige Meter zurück, kehrten aber sofort um, als hätten sie etwas übersehen und müssten das überflogene Terrain nun doch noch abschreiten, sie nickten sich aufgeregt zu, bevor sie, die Schnäbel entschlossen voran, ihren Weg nun hinter ihm fortsetzten, während Winkler den Mann erkannte, sein Name fiel ihm zwar nicht ein, aber kein Zweifel, es war der Kerl, der gestern Abend am Nachbartisch mit dem Löffel den Takt zu jenem Lied geschlagen hatte, das er jetzt unbedingt vergessen wollte. *Er gehört zu mir, wie mein Name an der Tür.* In der Stadt hätte er jetzt ganz schnell die Straßenseite gewechselt, wie er es immer tat, wenn die scheuen Verkäufer der Obdachlosenzeitung unbeholfen mit ihrem Blatt wedelten oder einer der Sklaven der südosteuropäischen Bettelmafia, die er von anderen Bedürftigen meinte, zuverlässig unterscheiden zu können, mit dem Kaffeebecher klimperte. Die leichte Kriminalisierung der Bettler half ihm, sein schlechtes Gewissen zu beruhigen. Oder wenn die Demoskopen oder ein Umfrageteam des Regionalsenders ihre zottligen Mikrofonmopps in Stellung brachten, um ausgerechnet ihn nach seiner Meinung zu fragen. Die nächste Bundestagswahl, das heutige Länderspiel, die Qualität von Katzenfutter, oder meinen Sie, dass das Bildungssystem in der Krise ist? Mein Gott! Sollte er ihnen sagen, dass er den Verkauf der Obdachlosenzeitung genauso erniedrigend fand wie die Obdachlosigkeit selbst? Dass er Katzen hasste und das Bildungssystem ein weites Feld war? Er floh über die Straße und lief dann oft einem redseligen Bekannten in die Arme. Obwohl er ihn lange nicht gesehen hatte, merkte er sofort, wenn der andere losplapperte, dass er ihn nicht vermisst hatte, allein das Zuhören stürzte ihn in eine Verlegenheit. Genug Platz zum Ausweichen gab es auch hier, aber wie lächerlich und sinnlos wäre es gewesen, an diesem einsamen Strand einen Bogen um den Wanderer zu schlagen, der ihn wahrscheinlich ohnehin längst erkannt hatte und nun schon grüßte, indem er den Hut, einen schwarzen Filzhut, den er wegen des Windes nicht loslassen konnte, kurz anhob, wie es bis vor einigen Jahrzehnten üblich gewesen war, im Film noir etwa oder in den Büchern von Max Frisch, als auch eine Zigarette noch zuverlässig im Mundwinkel klebte. Schon neben ihm, drehte der andere dem Wind den Rücken zu, so dass sich der Kragen hochstellte und die Mantelschöße wieder schlossen, die Knie waren jetzt mit flatternden Wimpeln beflaggt. So sieht man sich wieder, sagte der Tischnachbar, während Winkler demonstrativ den Strandläufern nachsah, die das Interesse an ihm aber verloren hatten und, sich zwischen den wehenden Schaumflocken der Brandung eilig entfernend, ihrem Namen alle Ehre machten. Seine Frau schlafe sicher noch, ließ der Mann ihn wissen und schaute Winkler dabei an, als habe er, indem er von seiner Frau erzählte, das Recht erworben, etwas über die Frau des anderen zu erfahren. Nun, nahm Winkler die Frau des fremden Mannes in Schutz, im

Urlaub könne man doch ruhig mal ausschlafen. Könne man, bestätigte der, warum nicht, und sie tue es ja auch, behaupte dann aber jeden Morgen, in der ganzen Nacht kein Auge zugetan und deshalb schreckliche Kopfschmerzen zu haben. Aber Ihre bessere Hälfte schien, wenn ich mir die Bemerkung erlauben darf, gestern Abend auch nicht gerade gut gelaunt. Ach ja, die Frauen, seufzte er und machte eine wegwerfende Handbewegung, wodurch es seinen Hut, hießen diese Hüte nicht nach Humphrey Bogart?, nun doch vom Kopf wehte, einige Male tippte er auf, hopste und kullerte dann den Strandläufern hinterher. Die Zeilen aus dem Gedicht von Jakob van Hoddis fielen Winkler ein, *dem Bürger fliegt vom spitzen Kopf der Hut*, doch zu seinem Erstaunen schien den Mann der Verlust seines Hutes nicht zu interessieren, jedenfalls machte er keine Anstalten, ihn wieder einzufangen, wahrscheinlich besaß er ein ganzes Reservoir an Hüten und konnte so den Verlust des einen verschmerzen. Da geht er dahin, sagte er lachend. *Er gehört zu mir, wie mein Name an der Tür*. Offenbar froh, die Hände nun frei zu haben, drehte der Mann sich wieder in den Wind und schloss die Augen, er zupfte sich den hochgewirbelten Schal vom Gesicht und breitete die Arme aus, als wolle er die ganze Welt umarmen, oder, das Mantelsegel gebläht, nun selbst abheben, *der Sturm ist da, die wilden Meere hupfen*. Das schon ergraute Haar wurde erst aufgewirbelt und zerzaust, dann aber in eine Richtung geweht, ähnlich den Zweigen des Windflüchters, an dem Winklers Blick nun Halt suchte. Die überhängenden Wurzeln des Baumes griffen ins Leere, nur einige krallten sich noch an der Abbruchkante fest, darunter waren die Einfluglöcher der Uferschwalben zu erkennen. Von der Uferböschung war offenbar beim letzten Sturm ein Stück der Grasnarbe abgerutscht, die Erde lag bloß wie eine offene Wunde, aus der lehmiges Wasser sickerte und sich als trübes Rinnsal zum Meer schlängelte. Herrlich, schwärmte der Mann, ließ sich den Wind ins Gesicht wehen und ermunterte Winkler, es ihm gleichzutun, doch den Gefallen tat er ihm nicht, schlug vielmehr die Arme schützend vor die Brust, versuchte aber wenigstens ein unverbindliches Lächeln und war nicht sicher, ob ihm das gelang. Im Fernsehen gab es Nachrichtensprecherinnen und Talkshowmoderatorinnen, die das meisterhaft beherrschten, dachte er, manchmal stellte er den Ton ihrer Verlautbarungen ab und versuchte zu erraten, worüber sie sprachen, ein Amoklauf, der Hunger in Afrika, die Börse im Aufwind, irgendwo ein Krieg, Sieg oder Niederlage im Finale, das Wetter, die Lottozahlen, immer dieses maskenhafte Lächeln, und das Haar saß perfekt. Oder die Talkshowgäste, die unerschütterlich die größten Katastrophen in wohlgesetzte Worte kleideten und höchstens erschüttert waren, wenn jemand ihnen mit wohlgesetzten Worten widersprach. Mit diesen Gedanken ließ er den Weltumarmer und Flugschüler einfach stehen, hörte nur, wie der, die Hände zu einem Schalltrichter geformt, noch etwas in den Wind rief, das nach *bis später* klang, doch er konnte sich täuschen, denn das Rauschen war hier, wo ein Stück des Strandes jetzt mit Kies bedeckt war, noch lauter und vom Mahlen und Rieseln und Rasseln der Steine verstärkt, so dass Winkler ihm ungeniert noch *bloß nicht* nachrufen konnte. Und dann probierte er es mit Brittas Namen, er rief, so laut er konnte, er erwartete keine Antwort und bekam sie auch nicht. Einen der glatten Steine hob er auf und steckte ihn ein, wenigstens in der Hosentasche brauchte er jetzt etwas zum Festhalten.

Gehen, dachte Winkler, im Gehen kann man besser denken, aber auch besser vergessen. Er wusste nicht, was ihm jetzt lieber war, ging einfach weiter, immer weiter, er sah sich nicht um, der Mann war bestimmt längst davongeflogen, übers Meer vielleicht oder zurück zur Pension, wo er seine Frau wecken und ihr von der Begegnung erzählen würde, und dann würde auch Britta beim Frühstück erfahren, wo Winkler war, sie müsste sich keine Sorgen machen und diese Vorstellung beruhigte ihn. Vor ihm lag nun die Weite des Strandes, dem nur die Spur des Tischnachbarn die Unberührtheit nahm, eine Weile trat er in dessen Fußstapfen, nahm aber die entgegengesetzte Richtung, zwischen den Abdrücken seiner Schuhe, die bald verweht oder weggespült sein würden, lagen Muschelschalen, Krabbenscheren und angespülte

Quallen, glasig und kaum größer als die Dotter der Spiegeleier, die Britta sich in der Pension jeden Morgen bringen ließ. Nach einigen Minuten sah er den Hut, der zwischen den Spuren im Sand lag, Winkler dachte an das letzte Foto von Robert Walser, sah die Spuren im Schnee, sah den Hut, der neben dem toten Dichter lag, dann aber hob ein Windstoß den Hut an und wehte ihn aufs Wasser, wo die Wellen ihn schaukelten, als grüße er ein letztes Mal, bevor das Meer ihn zu sich nehmen würde. Im Wasser trieben die angeschwemmten Rosenblüten einer Seebestattung, sie schwappten gegen die Steine und wurden dann wieder zurückgezogen. Die Steine waren jetzt größer, was das Gehen erschwerte und den Ton der Brandung dumpfer machte, ein Grollen und Glucksen, in dem man hörte, wie einzelne Steine aneinanderschlugen. Dazwischen lagen Betonbrocken, aus denen sich die rostigen Stümpfe von Armierungseisen bogen, auch rundgeschliffene Ziegel, vermutlich Reste einer Bunkeranlage aus dem letzten Krieg, der nicht der letzte sein würde. Und doch, Winkler hielt Ausschau nach Donnerkeilen und Bernstein, die Hoffnung, dachte er, treibt uns voran, den Anlass für den Streit mit Britta hatte er schon vergessen, er war auch unbedeutend, eine Lappalie, sie hatten sich wie Kinder benommen, ein lächerliches Scharmützel um nichts, ein Streit um des Streites willen. Er kannte das, eine leichte Gereiztheit, und dann genügte ein Wort, das missverstanden, ein flüchtiger Blick, der falsch gedeutet wurde, sogar ein zu tiefer Atemzug konnte wer-weiß-was bedeuten oder das Gegenteil, doch im Grunde war alles halb so schlimm, am nächsten Tag konnte man darüber lachen. Natürlich, manchmal gab es Situationen, da schien der andere nur darauf zu warten, auf das eine Wort, auf den einen Blick, der endlich die Gelegenheit bot, allen aufgestauten Ärger loszuwerden, so wie bei Jürgen, den er einen Freund genannt, und der seit ihrem heftigen Streit nun schon seit Monaten nicht mehr mit ihm geredet hatte. Oder war es umgekehrt? Hatte Jürgen ihn nur provozieren wollen, um dann den Beleidigten spielen zu können? Bei dem Gedanken an Jürgen Bergthaler wäre er fast zu Fall gekommen, er fluchte über die Steine, die mit Algen bedeckt waren, grüne glitschige Buckel, von denen er abrutschte, dass man hier Bernstein finden konnte, war einfach nur lächerlich, nichts als eine romantische Vorstellung oder eine Erfindung der windigen Tourismusmanager, die immer auf der Suche nach einem neuen Slogan waren. Das Gold der Ostsee, mein Gott!, die meisten der Klunker, die in den Schmuckgeschäften und Souvenirbuden an der Strandpromenade angeboten wurden und üppig ausgepreist waren, stammten vermutlich aus den Braunkohletagebauen des sogenannten Chemiedreiecks im Landesinneren, aber in den Schaufenstern war natürlich alles mit Strandgut drapiert, mit Fischernetzen und Hühnergöttern, mit Buddelschiffen und Muschelschalen, auch exotischen aus dem Großhandel, dazwischen standen Möwen aus Holz oder rostigem Metall, so stramm, als müssten sie den ganzen Plunder bewachen, und bald, dachte er, kämen auch kleine, mit Bernstein behangene Weihnachtsbäume aus Kunststoff dazu. Die Möwe auf dem Frühstückstisch in der Pension war aus weißem Porzellan und hatte drei Löcher im Kopf, aus denen Britta vielleicht gerade jetzt, sollte ihr der Appetit nicht vergangen sein, Salz auf die Spiegeleier streute, während sich hier die Wellen in unaufhörlichem Gleichmaß brachen und er sich plötzlich nicht sicher war, ob es damals tatsächlich Jürgen war, der gesagt hatte, er wolle nicht mehr, er könne das nicht mehr ertragen, oder ob Winkler selbst mitten im Gespräch aufgestanden war und dem Freund bedeutet hatte, dass es mit ihnen keinen Zweck mehr habe, und dabei hätte es doch auch so sein können, dass sie am Ende dieses Abends über ihren Streit gelacht hätten und mit dem Versprechen auseinandergegangen wären, demnächst, möglichst bald, auf jeden Fall wieder ein Bier miteinander zu trinken, wie an Dutzenden Abenden zuvor, obwohl sich jeder im Stillen wohl vorgenommen hatte, dass es diesmal wirklich das letzte Mal gewesen war. Dabei war es wie immer gewesen, die ewig gleiche Dramaturgie ihrer Zusammenkünfte, ein paar alberne Witze, ein paar Jugendsünden, das ewige *Weißt du noch?*, die Frauen, und dann, nach ein paar Bieren, die Politik. Sie hatten auch diesmal Fakten und Ansichten gegeneinandergehalten, abgewogen und verglichen, aber es hatte an diesem Abend nichts zusammengepasst, da war ein Fehler in ihrem System. Oder war das System der Fehler? Jürgen jedenfalls hatte das behauptet. Dabei hatte er an die Demokratie geglaubt, er hatte ihre Versprechungen ernst genommen und viel zu große Hoffnungen in sie gesetzt. Was denn daraus geworden sei, hatte er gefragt, man könne ja sehen, was daraus geworden sei, so könne es nicht weitergehen. Wie denn?, hatte Winkler gefragt. So jedenfalls nicht! Winkler erinnerte sich an Jürgens Lächeln, als er mit ihm vor der Kneipe stand, in der sie den ganzen Abend geredet und getrunken hatten, wieder getrunken und wieder geredet, dieses Grinsen, in dem Mitleid und Verachtung sich die Waage hielten, na gut, sie hatten getrunken, es war dunkel gewesen und doch, er hatte es gesehen. Sie hatten an diesem Abend nur ein Thema gehabt, die Flüchtlinge aus Syrien, Afghanistan und Nordafrika, die vor Jahren zu Tausenden über die Grenze gekommen waren und noch immer zu Tausenden kamen, die vor den Grenzen standen oder sich aus irgendeinem Krisenherd in der Welt auf den Weg machten, junge kräftige Männer vor allem, Jürgen hatte darin nur ein Problem gesehen, das mit jedem Bier zunahm, dann sogar den Untergang des Abendlandes prophezeit und Winklers Argumente beiseite gewischt wie den Schaum von seinen Lippen, bis es beiden irgendwann nicht mehr auf Argumente angekommen war, sondern darauf, Recht zu haben, den anderen in die Ecke zu drängen, ihre Standpunkte waren plötzlich wie Festungsmauern um sie herum aufgerichtet, dachte er und bemerkte eine Welle zu spät, die viel weiter als die vorangegangenen über den Strand schwappte, er riss die Arme in die Höhe, die Hände griffen ins Leere, er versuchte mit einem Sprung auszuweichen, natürlich war es vergeblich, er stand mit einem Fuß schon im Wasser. *Und an den Küsten – liest man – steigt die Flut.* Die Klimaforscher sagten auch nichts anderes. Das Wasser steht dir gleich bis zum Hals, dachte er und wunderte sich nicht, er würde einfach in der Flut versinken, die Wellen würden über ihm zusammenschlagen, ein Strudel ihn in die Tiefe ziehen, alles wäre aus, aber das Wasser lief nur in den Schuh und durchnässte die Enden der Hosenbeine. Wütend stapfte er in Richtung Düne, vorbei an dem schwarzen Fleck eines erloschenen Lagerfeuers, setze sich auf einen entwurzelten Baum, er spürte nun doch die Müdigkeit und streifte den nassen Schuh ab, wrang die Socke aus und hing sie an einen Ast in den Wind, der Staubschleier über den Boden trieb und feine Wellen in den Sand geriffelt hatte. Hinter dem Baumkadaver, er wusste nicht, ob er vom Meer angespült worden oder vom Rand der Steilküste abgestürzt war, erhob sich der Sand zu einer kleinen, langgezogenen Wehe, die ein winziger Käfer überqueren wollte, dabei aber immer wieder abrutschte und von Sandkörnern verschüttet wurde, bis er sich herauswühlte und mit wild rudernden Beinchen von neuem begann, wieder abrutschte und wieder und wieder ... Dem Stamm des Baumes fehlte die Rinde, das nackte Holz war ausgelaugt, erinnerte an bleiche Knochen, und als seine Hände über die Oberfläche strichen, kam er sich verlassen vor, er klopfte auf das Holz, *Mein rechter, rechter Platz ist leer ...,* verstand nicht, warum er sich mit Britta gestritten hatte, und erklärte den Streit unter der im Wind hängenden Socke kurzerhand für beendet, er musste es nur noch Britta sagen, ihr sagen, dass er sie liebe. Und dann, fiel ihm ein, hatte sein Freund Jürgen sich noch einmal umgedreht und einen letzten Satz gesagt, wie um unter die längst beendete Diskussion noch einen Schlussstrich zu ziehen, mit einem Fazit allen möglichen Gegenargumenten den Sinn entziehen, er könne Schwarze nun einmal nicht leiden, hatte er gesagt, Türken übrigens auch nicht, aber besonders eben Schwarze, schon allein ihr Anblick verursache ihm ein Missbehagen. Aus dem Wald drang der kurze schrille Schrei eines Bussards, und Winkler war es plötzlich kalt.

2

Weithin sichtbar auf einer flatternden weißen Fahne zitterte der Name der Pension unter einem weiten blauen Himmel: *Seeparadies*. Die Anlage lag etwas außerhalb des Ortes am Ende einer Sackgasse, die keinen Namen trug, jedenfalls keinen, der auf einem Straßenschild stand, und bestand aus mehreren, dicht gedrängt um einen gepflasterten Hof gruppierten Appartementhäusern, die alte Fischerkaten imitierten und ihre schneeweiß getünchten Neubaufassaden verschämt unter dicken, weit überhängenden und mit Fledermausgauben bestückten Reetdächern zu verstecken suchten. Das Schilf war noch makellos und hell, aber dem Material schien sein würdiges Altern eingeschrieben, das auf einem Feldsteinsockel ruhende Hauptgebäude aus Backstein dagegen war mit aalglatten, ölig glänzenden blauen Dachziegeln gedeckt, als wolle es mit ewiger Jugend protzen. Die abseitige Lage und ein Hirschgeweih am Spitzgiebel ließen ein ehemaliges Forsthaus vermuten, auch wenn das über dem Geweih liegende Fensterchen an ein Bullauge erinnerte. Das Ganze wurde von einer hohen, dicht verfilzten Ligusterhecke umschlossen, die das *Seeparadies* von der umgebenden Landschaft weitestgehend abschottete, auf der Abbildung eines der Häuser im Internet allerdings nicht zu sehen gewesen war. Der Fotograf hatte sein Handwerk perfekt verstanden und, eine schmale Öffnung in der

Hecke nutzend, eine Alleinlage vorgegaukelt oder eine KI genutzt, hinter dem Haus jedenfalls war eine große Wiese mit hüfthohem Gras und weiter hinten der Waldrand zu erkennen, so dass Winkler geglaubt hatte, man trete aus der Tür der Ferienwohnung direkt auf die Wiese, was ihn sofort zur Anmietung bewogen hatte, obwohl Britta auch für diesen Kurzurlaub lieber das schöne, aber schon etwas in die Jahre gekommene kleine Hotel an der Promenade gebucht hätte, in dem sie bereits einige Male übernachtet hatten und das noch immer die verblasste, einst meerblaue Holzfassade hatte, die schon auf den historischen Ansichtskarten zu sehen war. Ein Foto auf der Website des Hotels aber hatte einen breitbeinig vor dem Eingang stehenden Aufsteller gezeigt, dessen Text Winkler, weil er zunächst glaubte, einem Irrtum aufgesessen zu sein, mehrmals hatte lesen müssen und der mit dem Spruch *Ostalgie zu Westpreisen* um die Gunst einer wohl sehr speziellen Klientel buhlte. Er hatte das als Drohung empfunden und sich auch deshalb für das *Seeparadies* entschieden, eigenmächtig, obwohl er wusste, dass Britta Veränderung nicht schätzte und ihr vertraute Nachteile und Mängel lieber in Kauf nahm, als sich den Unwägbarkeiten des Unbekannten auszusetzen, denn das Schlimmste, da war sie trotz aller Unwägbarkeiten sicher, stand immer erst bevor. Tropfte in einem ihr liebgewordenen Hotel der Wasserhahn, sah sie darüber hinweg, weil sie in jeder anderen Unterkunft einen Wasserrohrbruch mutmaßte, bei durchgelegenen Matratzen witterte sie die Gefahr, anderswo möglicherweise auf Strohsäcken schlafen zu müssen, während der am frühen Morgen vor einem Hotel einsetzende Verkehrslärm ihr verriet, dass auf den Straßen vor anderen Hotels gerade die Presslufthämmer dröhnten, dachte er und wusste, dass er übertrieb. *In jeder Chance steckt eine Krise*, hatte einst auf einem ihrer Zettel gestanden. Gewöhnlich setzten sie also auf vertrautes Terrain, im Stillen hatte Winkler sich immer wieder darüber lustig gemacht, manchmal auch laut für Veränderungen plädiert und dann das. Das *Seeparadies*. Der Wahrheitsgehalt von Fotos war tatsächlich eine Unwägbarkeit. Natürlich gab er sich reumütig die Schuld an der fehlenden Alleinlage, Britta hatte es sowieso getan, er hätte, meinte sie vorwurfsvoll, das Kleingedruckte lesen sollen, obwohl die ganz in der Nähe stehende Reihe von Windrädern vermutlich auch dort nicht erwähnt war. Britta studierte immer das Kleingedruckte, sie las jede Gebrauchsanweisung und jeden Beipackzettel, sie kannte alle Risiken und Nebenwirkungen, entsprechend groß war ihr Ärger angesichts des real existierenden *Seeparadieses* gewesen, ein Ärger, den sie zwar mit Spott zu mildern suchte, ein Hochhaus, bei dem die Wohnungen nebeneinander liegen, hatte ihr Fazit gelautet, was Winklers Gefühl, wieder einmal versagt zu haben, aber nur verstärkte. Er hielt das im Übrigen für reichlich übertrieben, zumal in ihrem

Quartier, anders als im Hotel an der Promenade, Wohn- und Schlafzimmer getrennt waren, so dass er morgens, wenn sie noch schlief, in Ruhe lesen konnte, oder abends, wenn sie den Spätfilm oder die Mitternachtstalkshow sehen wollte, ungestört schlafen, eine Tatsache, die ihn die fehlende Landschaft, wie er gehofft hatte, leicht verschmerzen lassen würde. Warum Britta dann allerdings, so wie immer, kaum hatte sie die Tür zur fremden Wohnung hinter sich geschlossen, sofort alle Schranktüren und Schubladen auf der Suche nach was-auch-immer öffnete, er wusste es nicht, vermutlich wusste sie es selbst nicht, ihm war diesmal sogar ein Scherz darüber gelungen, über den sie zu seiner Überraschung gelächelt hatte. Als Winkler nach seinem Morgenspaziergang die Pension erreichte, traf er am Tor ein Rentnerehepaar, das das *Seeparadies* begutachtete und offenbar Gefallen daran fand. Für den schmalen Geldbeutel sei das aber nichts, sagte die Frau und zog ihren Mann am Ärmel. Britta war nicht zu sehen. Im Hauptgebäude, wo er sie zu finden gehofft hatte, war das Frühstücksbüfett schon abgeräumt, auf dem weißen Tischtuch markierten nur noch dunkle, von Feuchtigkeit gebildete Mondsicheln die Stellen, an denen die Saftkaraffen gestanden haben mussten, und auf einem Stapel beiseite gestellter Teller häuften sich Reste, die ihn an die angebissenen Pausenbrote seiner Schüler denken ließen, aber er machte sich ohnehin wenig aus Frühstück, im Gegensatz zu Britta, die ein ausgiebiges Frühstück liebte, was ihre Beziehung jeden Morgen auf eine Bewährungsprobe stellte. Eine Schale mit Äpfeln stand immerhin noch da, das reichte ihm, zumal der Kaffeeautomat, wie er wusste, den ganzen Tag in Betrieb sein würde. Aus den Boxen dröhnte ein Schlager, den er nicht kannte, das Zeug zum Ohrwurm hatte er nicht, trotzdem schützte sich die Küchenhilfe, oder war es die Tochter der Chefin?, mit einem Kopfhörer, der freilich eher an einen Gehörschutz erinnerte, die Lippen bewegte sie lautlos, aber ihr schnell pochendes Kopfnicken verriet, dass sie einen anderen Rhythmus im Ohr hatte. Nur einmal, während sie Brotkrümel und Eierschalensplitter zusammenfegte und Tischdecken glattstrich, wandte sie den Kopf zur Seite, und es schien Winkler, der sich gerade einen Kaffee machte, als nicke sie ihm zu. Neben dem Automaten stand eine Spendendose der Seenotrettung, darüber ragte der Kopf eines präparierten Raubfisches aus der Wand, sein weit aufgerissenes Maul entblößte eine Unzahl kleiner, spitzer Zähne. Daneben zeigte ein altes Foto eine Gruppe Männer in Jagduniformen, die mit geschulterten Büchsen stolz vor einer unverputzten Backsteinwand Aufstellung genommen hatten, vor ihnen lag ein toter Hirsch mit mächtigem Geweih. Winkler biss in einen Apfel und ging mit dem Kaffee zum Fenster. Es war die Zeit des allgemeinen Aufbruchs, das Wetter war trotz des mäßigen Beginns vielversprechend, und der Tag wollte genutzt sein, vor den Häusern herrschte eine unbekümmerte Geschäftigkeit, Fahrräder wurden mit Proviant beladen, Hunde angeleint, Wanderkarten studiert, irgendwo rumpelte der Rollkoffer eines Abreisenden übers Pflaster, so laut, als knattere ein Motorrad durchs Gelände, eine Harley-Davidson vielleicht. Oder kreist, für ihn nicht sichtbar, ein Hubschrauber über dem Paradies? Womöglich ein Staatsbesuch, der ADAC, ein Rettungsflieger auf dem Weg zum Strand. Dann fauchte hinter ihm die Kaffeemaschine, er kam sich etwas überflüssig und verloren vor, was man ihm offenbar ansah, denn als er nach draußen ging und auf der Raucherinsel Zuflucht suchte, hielten es einige Pensionsgäste für nötig, ihn über die Ziele ihrer Ausflüge zu informieren, die allesamt ungemein spannend zu werden versprachen. Als hätten sie ihn, den einzigen Einzelnen unter all den Paaren, zum Schiedsrichter eines Ausscheides um die beste Idee erkoren, prahlten sie mit Sehenswürdigkeiten, die sie besuchen, mit Gaumenfreuden, die sie bald genießen würden. Zwei kleine, drahtige Seniorinnen, die ihre Männer offenbar überlebt hatten, waren für einen Survival-Kurs angemeldet und trotzten deshalb wie im Training todesmutig schon jetzt dem Qualm, den er in ihre Richtung blies, während andere die Vorzüge eines, man gönnt sich ja sonst nichts, gut eine Autostunde entfernten Wellnessbades priesen oder die Einmaligkeit eines wenig besuchten Strandabschnittes, ein absoluter Geheimtipp, posaunte ein Mann und zog einen Faltplan aus seiner Anglerweste. Winkler stellte sich vor, dass der Rettungsflieger vielleicht gerade auf diesen Strandabschnitt zuhielt. Ihr Tischnachbar war augenscheinlich erfolgreich gelandet und hatte jetzt eine gelb leuchtende Warnweste übergestreift, wie sie auch die Männer trugen, die Winkler an einem Morgen auf der Strandpromenade beobachtete hatte, als sie mit langstieligen Greifern Papierreste und Zigarettenkippen aufsammelten. Der Fahrradhelm saß fest auf seinem Kopf, so dass er die Hände zum freudigen Winken frei hatte, und komisch, in diesem Moment fiel Winkler auch sein Name wieder ein, denn selbstverständlich hatte ein kultivierter Mann wie dieser sich gleich am ersten Abend vorgestellt, Schramm, Heiner Schramm. Aus seinen schwarzen Radlerhosen ragten dünne, stark behaarte Beine, das rechte Knie war bandagiert, dennoch kam er schnurstracks auf Winkler zu, wobei er seine ebenfalls behelmte und gelb fluoreszierende, noch immer attraktive Frau sanft vor sich herschob, wie um sie vorzuzeigen, doch als Winkler sie fragte, ob sie ausgeschlafen habe und wie es um ihren Kopf stehe, bedeutete der Mann ihm mit flehenden Gesten und Augenzwinkern zu schweigen, während er beschwichtigend ihren Rücken tätschelte. Also redeten sie über das Wetter, bedeutungsvoll, als fassten sie den Zustand der Welt zusammen, über das *Seeparadies* und darüber, wie schön es sei, endlich wieder am Meer zu sein, wobei Schramm jedes Mal, wenn Winkler etwas sagte, seine Frau anlächelte und nickte, als bestätigten Winklers Worte immer nur das, was Schramm ihr schon beim Frühstück über ihn erzählt hatte. Und wollte dann, streng auf dessen glimmende Zigarette blickend, wissen, ob Winkler es schon einmal mit Kaugummi versucht habe und wo denn seine Frau sei, aber das wusste Winkler ja auch nicht und fragte stattdessen, wohin die Reise gehen solle. Zum Leuchtturm, antwortete die Frau, der Leuchtturm sei nämlich ein Kraftort, und dabei strahlten ihre Augen, als habe sie gerade eine Tour-de-France-Etappe gewonnen. Ein weiter Weg, sagte sie, aber am Vormittag habe man Rückenwind, und für den Rückweg nehme man dann den Bus. Das sei noch gar nicht entschieden, griff der Mann ihrer Zuversicht in die Speichen. Sie wünsche sich ja ein E-Bike, aber so was komme bei ihm nicht unter den Hintern, zog er Winkler flüsternd ins Vertrauen und rieb sich dabei die Hände, aus Vorfreude vielleicht oder weil ihm kalt war bei dem Wind in seiner kurzen Radlerhose, deren Beine überdies ein Stück nach oben verrutscht waren, so dass zwischen ihr und der braun gebrannten Haut seiner Oberschenkel Streifen weißen Fleisches sichtbar wurden. Nun werde es aber Zeit, mahnte die Frau entschieden, nachdem ihr Mann ihren stummen Wink, eine kleine, ruckartige Bewegung ihres Kopfes, übersehen oder ignoriert hatte, weil er, soviel Zeit musste sein, Winkler noch einen schönen Gruß an dessen Frau aufgab. Wenn die denn irgendwo zu finden ist, beendete Winkler den Satz in Gedanken. Als er seine Zigarette ausdrückte, drehten sie sich endlich um und gingen, er sah auf ihre Ärsche mit den klumpigen, an Windeln erinnernden Polstern im Schritt. Ein dickes Fell müsste man haben, dachte er, dabei war er gerade ziemlich dünnhäutig und wusste nicht, wo er Britta suchen sollte. Er hätte sie jetzt gern in den Arm genommen, hätte sie an sich gedrückt, hätte an ihrem Haar gerochen, aber immer, wenn er solche Gedanken hatte, war sie nicht da. Oder kam er auf solche Gedanken nur, wenn sie nicht da war? Der Hof hatte sich inzwischen geleert, er hörte das dumpfe Knattern der windgeblähten Fahne, die Stahltrosse schlug klirrend gegen den Mast, und sein nasser Schuh war noch immer mit hellem Strandsand bepudert.

Im Flur ihres Ferienhauses bemerkte er wieder den penetranten, leicht beißenden Geruch, Ausdünstungen von Farbe oder von einem Kleber, die in manchen Häusern noch Jahre nach dem Bau oder der Sanierung zu riechen sind. An der Wohnungstür klebte, aus Salzteig gebacken, der Name *Klabautermann*, jeder Buchstabe in einer anderen Farbe. Der Fußabtreter sagte *welcome*. Winkler suchte nach einem Zettel, doch eigentlich fürchtete er einen Abschiedsbrief. Britta hatte keine Nachricht hinterlassen. Auf dem Tisch lag nur ihr Handy neben dem seinen, wenigstens sie schienen miteinander versöhnt. Daneben stand Brittas selbstgetöpferte Reisetasse, die sie überallhin mitnahm, überzeugt, ihr Lindenblütentee entfalte nur in dieser einen Tasse das richtige Aroma. Unter der Tasse lag das aktuelle Fernsehmagazin der Regionalzeitung, die Rückseite nach oben, auf der das Bayerische Münzkontor mal wieder für eine neue Serie von Goldmünzen warb. Dank der Anzeigen des Bayerischen Münzkontors waren ihm in den letzten Monaten die Logos nahezu aller Parteien und Massenorganisationen sowie sämtliche Banknoten der untergegangenen DDR noch einmal vergoldet vor Augen geführt worden, auch der unverwüstliche Trabi war zum sensationellen Sonderpreis auf einer der Münzen offeriert worden, und einmal klang ihm sogar der Text der Nationalhymne mit Hilfe der sogenannten Gigantenprägung des Bayerischen Münzkontors wieder in den Ohren, obwohl der in den letzten Jahrzehnten des Landes nicht mehr gesungen worden war. *Auferstanden aus Ruinen…* Zum Glück war daraus kein Ohrwurm geworden, aber mit Ostalgie ließ sich offenbar nicht nur bei Touristen noch immer Geld verdienen. Gigantenprägung, das Wort gefiel ihm, auch wenn er sich nichts darunter vorstellen konnte. Drehten im Bayerischen Münzkontor etwa Riesen noch immer altertümliche Handspindelpressen? Die Zeitung riet ihm, bei der Bestellung keine Zeit zu verlieren, die Münzen waren streng limitiert, auch die Goldbarren, reinstes Feingold und in der Anzeige gigantisch groß, eine Viertelseite, damit einem als Fernsehprogrammzeitschriftenleser auch ohne Lesebrille die Augen übergehen, die wirklichen Maße standen nur im Kleingedruckten, Britta hatte recht, man musste das Kleingedruckte lesen, nur fingernagelklein und dünn wie ein paar Zeitungsseiten ist so ein Goldbarren und wird auch mit Lesebrille nicht größer, dafür mit Echtheitszertifikat und dazu gratis eine zeitlos schöne Armbanduhr, manchmal sogar mit dem Staatswappen des untergegangenen Landes auf dem Ziffernblatt, allerdings nur für Männer, man kennt doch schließlich seine Sammler, und immerhin, so eine Uhr ist ein kleiner verlässlicher Schatz für die Zukunft, in der es, glaubt man der Zeitung, nur schlimmer werden kann.

Und Britta? Von Britta keine Spur. Sie wird nach dem Frühstück noch ein paar Schritte gegangen sein, dachte er, ein Stück am Strand, vielleicht in Richtung Seebrücke oder zum Hafen, auf jeden Fall nicht weit, ihr Handy lag ja noch da. Winkler selbst hatte es so gewollt, im Urlaub sind wir unerreichbar, das war eine seiner Maximen, sie hatte sich daran gehalten, das hatte er nun davon. Oder sollte sie ihm nachgegangen sein? Dann hätten sie sich vermutlich genau in dem Moment verfehlt, als er auf dem Rückweg von der Promenade abgewichen und in die schmale Straße zur Tourist-Information eingebogen war. Vor einigen kränkelnden, zum Großteil entlaubten Sanddornbüschen war ihm dort ein Mann im Matrosenpulli entgegengekommen, anscheinend ein Tourist, denn niemand sonst trug noch Matrosenpullis, wahrscheinlich hatte er sich über irgendetwas beschweren wollen oder war wegen einer Auskunft gekommen, hatte sich dann aber immerhin so gut informiert gezeigt, dass er Winkler erklären konnte, dass die Tourist-Information heute wegen einer Dienstberatung geschlossen sei. Der Freizeitmatrose musste, weil Winkler nach einem knappen Ahoi einfach weitergegangen war, wohl geglaubt haben, er glaube ihm nicht und wolle sich selbst überzeugen, oder, schlimmer noch, er stünde bei der Tourist-Information im Dienst, weshalb sich sein Frust nun in einer Suade an dem vermeintlichen Angestellten entladen hatte. Er war dabei nicht stehengeblieben, hatte Winkler nur im Weitergehen aus den Augenwinkeln fixiert, aus seinem undeutlichen Gemurmel und Gezische hatte der nur die Wörter typisch deutsch, Dienstleistungswüste und Sesselfurzer verstanden. Die Beschimpfungen waren von Winkler abgeprallt, im Grunde hatte er sich sogar gefreut, als Einheimischer verkannt worden zu sein, denn er gefiel sich in dem Dünkel, nichts mit den üblichen Touristen und ihrem Gebaren gemein zu haben. Das Büro, in einem containerähnlichen Flachbau untergebracht und von einem halben Dutzend in Traktorreifen eingezwängter Blumenbeete umstellt, war tatsächlich geschlossen. Die Fassade musste einmal mit wildem Wein bewachsen gewesen sein, der Anstrich war gesprenkelt von den Abdrücken der Haftscheiben und überzogen von den fein verästelten Resten vertrockneter Ranken, was an ein Netz von Adern erinnerte. Im Fenster hingen die Angebote eines Immobilienmaklers. All das war Winkler egal gewesen, denn er hatte nur in der ehemaligen, jetzt als öffentlicher Bücherschrank dienenden Telefonzelle kurz nach dem Rechten sehen und etwas Brauchbares finden wollen. Brauchbar nicht nur als persönlicher Lesestoff, sondern für seinen Traum, der aber noch mehr aus der Zeit gefallen war als die ausgedienten Telefonzellen, irgendwann wollte er die Schule verlassen und Inhaber eines kleinen Antiquariats werden, und sei es nur, um dort zwischen all den Büchern zu sitzen, die Zeit vergehen zu lassen und ein unauffälliges Leben zu führen. Vielleicht würde er an das Meer denken, dessen Wasser bei Windstille in gleichmäßigem Rhythmus träge gegen das Ufer schwappt. In den vielen Jahren seines Schuldienstes war er kaum krank gewesen, hatte sich nur wenige Fehlstunden erlaubt, sogar jede Menge Überstunden angehäuft und doch immer von seinem Ausstieg geträumt. Er hatte viele Kollegen gehen sehen, er aber war geblieben, wobei mal das Pflichtbewusstsein, mal die Angst vor dem Ungewissen überwogen hatte, nun könnte es bald so weit sein, auch wenn es nicht sein Traum war, sondern das Alter, das ihn an diesen Punkt bringen würde. Wie unmerklich man älter wird, aber bald würde sich sein Leben ändern. Natürlich wusste Winkler, dass er sich belog, kaum jemand brauchte ein Antiquariat, auch wenn er seinen Schülern einzureden versuchte, dass die Literatur eine Art Lebensmittel sei, sie lachten ihn aus, die Literatur war tot, und Bücher in Telefonzellen, das war ein doppelter Totenkult, Nostalgie im Quadrat, er wusste es doch, in der Straßenbahn, mit der er täglich zur Arbeit fuhr, oder in den Warteräumen der Arztpraxen, die er vermehrt aufsuchen musste, las schon lange kaum noch jemand ein Buch. Winkler las in der Straßenbahn immer ein Buch, nein, in Wahrheit stellte er meist nur jemanden dar, der in einem Buch las und wunderte sich, dass er in seinem Alter noch zu solch pubertären Gesten fähig war. Oft schloss er einfach die Augen und stellte sich vor, wie schön es wäre, wenn die Straßenbahn durch eine aufgelassene Sandgrube fahren würde und nichts um ihn herum wäre als langsam rieselnder Sand. Um ihn herum aber waren alle mit ihrem Smartphone beschäftigt, sie brauchten auch keine Telefonzellen mehr und die darin abgestellten Bücher beruhigten allenfalls das schlechte Gewissen derer, die sich von einem überflüssig gewordenen Ballast befreit hatten: Bücher wirft man nicht weg! Auch diesmal war er mit seiner Hoffnung, etwas Brauchbares zu finden, falsch verbunden, auch diesmal kein Anschluss unter dieser Nummer. Schon bevor er die Tür geöffnet hatte, blätterte nur der Wind in einem aufgeschlagen im Dreck liegenden Buch. Und auch im Häuschen hatte er bloß eine Reihe sogenannter Sommerromane gefunden, deren Halbwertszeit offenbar schon in der

Nachsaison erreicht war, weshalb sie nun, zerfleddert wie sie waren, hier überwintern würden, wie die fünf abgelegten Bände Abiturwissen, und dann die unvermeidlichen, sich stolz in Klassikermanier zwischen den Zellenwänden breitmachenden Häppchenbänden von Reader's Digest, ungelesen, wie er vermutet hatte. Nicht zu vergessen und wie zum Beweis, dass es auch in dieser abgelegenen Gegend ein handfestes und wirkliches Leben gab, zwei Regionalkrimis, auf deren Cover ein bärbeißiger Ermittler mit Kapitänsmütze seine Pfeife schmauchte und aussah wie eine Mischung aus Hans Albers und Kommissar Maigret. Auch sonst hatte es in dem gelben Kabuff ziemlich muffig gerochen, fasse dich kurz, hatte er sich also gesagt und einen Fuß vorsichtshalber im Türspalt belassen für eine Briese frischer Seeluft.

Ein Telefon hatte es in der Zelle natürlich nicht mehr gegeben, er hatte nichts anderes erwartet, und doch war da auch diesmal wieder der kurze Moment des Erschreckens von vor fünfunddreißig Jahren, als bei Britta die Wehen eingesetzt hatten und er zur einzigen Telefonzelle im Umkreis einiger Gehminuten gerannt war, wo dem Apparat aber der Hörer fehlte, einfach samt dem Spiralkabel aus dem grauen Blechkasten mit der Wählscheibe herausgerissen war, und er auf dem Rückweg wie durch ein Wunder auf Jürgen gestoßen war, der sie dann in die Klinik gefahren hatte. Seinen Schülern brauchte er mit solchen Geschichten natürlich nicht zu kommen, er kam sich alt vor, fünfunddreißig Jahre, aber ihm war, als lägen Generationen dazwischen. Jürgen der Retter, dachte er und hätte ihn wegen Brittas Verschwinden am liebsten gleich angerufen, und tatsächlich raunte ihm jetzt, in ihrem Zimmer vor den schweigenden Handys stehend, Jürgens Stimme im Ohr, aber es war kein Rat, sondern nur sein Kommentar zur Anzeige des Bayerischen Münzkontors. Diktaturkitsch, hörte er ihn verächtlich zischen, und Zyniker, der Jürgen war, hätte er wahrscheinlich gleich vorgeschlagen, ein Stück Stacheldraht zu vergolden und den Mauertoten eine streng limitierte Serie in Gigantenprägung zu widmen. Winkler war verwirrt, nach dem abrupten Ende ihrer Freundschaft hatte er kaum noch an Jürgen gedacht, und wenn doch, dann hatte er ihn in Gedanken immer nur Bergthaler genannt, als schaffe der Familienname größere Distanz. Jürgen, den Kumpelton hatte er sich verboten, ihn anzurufen war ausgeschlossen. Bergthaler also. Und plötzlich der Gedanke, Brittas Verschwinden könnte mit Bergthaler zusammenhängen. Er versuchte sich einzureden, dass es ein absurder Gedanke war, eine Folge seiner Gereiztheit, ja, so musste es sein.

Auch Bergthaler hatte Lehrer werden wollen und es nach Jahrzehnten noch nicht verwunden, dass er vom Studium relegiert worden war, aus politischen Gründen, wie es später hieß, weshalb er danach, während seine ehemaligen Kommilitonen Karriere gemacht, Anerkennung und Einkommen gewonnen hatten, als Taxifahrer und Lagerist arbeiten musste. Alle, die ein Studium abgeschlossen hatten, standen fortan unter Verdacht, auch Winkler, der sein abgeschlossenes Studium manchmal tatsächlich als Makel empfand, als sichtbares Zeichen, den Repressalien nicht genug widerstanden zu haben. Dabei war Bergthaler kein Kämpfer gewesen, jedenfalls keiner, der für etwas kämpfte, sein Widerstand hatte sich in Ablehnung erschöpft, die sich manchmal zu Hass steigern konnte. Er war ein Mitläufer, der immer mit denen mitlief, die gerade dagegen waren. Den Satz hatte Winkler so ähnlich irgendwo gelesen, vielleicht auf einem von Brittas Zetteln oder in irgendeiner Biografie. Vor allem aber hatte Bergthaler nicht verwunden, dass ihm, als er sich dann in seinem Renegatentum eingerichtet hatte und seine Außenseiterrolle wie einen Maßanzug trug, mit dem durch die sogenannte friedliche Revolution untergegangenen Staat der Feind abhandengekommen, er um den Feind betrogen worden war. Auch ein verlässlicher Feind, dachte Winkler, kann dem Leben Sinn geben, und geht der in die Knie, ist das wie ein Verrat. Also glaubte Bergthaler den Feind noch immer aktiv, mächtiger vielleicht als je. Wahrscheinlich hätte er im Bayerischen Münzkontor nichts anderes als den verlängerten Arm der Staatssicherheit vermutet, deren Netzwerk seiner Meinung nach keineswegs zerschlagen oder ausgetrocknet war, sondern noch immer wie das weiträumige Myzel eines

Pilzes im Verborgenen wucherte oder aber durch ein weitaus schlimmeres, weil namenlos und global agierendes Netzwerk ersetzt worden war, manchmal auch durch die Allmacht eines einzelnen Multimilliardärs. Und weil er den meisten offiziellen Nachrichten misstraute, sie oft sogar der Lüge bezichtigte, schien ihm gerade das Fehlen von Belegen seiner These Beleg für ihre Richtigkeit zu sein, und wenn ein Argument sie doch einmal für einen Augenblick ins Wanken brachte, sah er auch darin den Teil einer perfiden, von geheimen Kräften ersonnenen Inszenierung, als deren Opfer er sich fühlte. So dachte Winkler, als plötzlich ein surrendes Geräusch ertönte, das die hölzerne Tischplatte zu einem dumpfen Poltern verstärkte. War das etwa der maritime Kobold, dessen Name altbacken an der Zimmertür klebte? Er sah, wie Brittas Handy vibrierte. Sollte er den Anruf annehmen? Ein Name war auf dem Display nicht zu sehen, und die angezeigte Nummer kannte er nicht. Der gestrige Streit hatte ihn misstrauisch gemacht, wer, zum Klabautermann, sollte Britta anrufen? Die Dienststelle? Eine Freundin? Es geht mich nichts an, dachte er, sie kann schließlich telefonieren, mit wem sie will. Er versuchte den Anruf zu ignorieren, wollte sich aber, man kann ja nicht wissen, wenigstens die Nummer einprägen, was natürlich misslang, weil eine Telefonnummer eben kein Ohrwurm ist. Dass Britta sie nicht gespeichert hatte, fand er zunächst beruhigend, dann verdächtig. Neben dem Telefon lag Brittas Notizbuch, vielleicht stand die Nummer ja dort, immerhin konnte es wichtig sein. Schon lag das Buch in seiner Hand, er legte es wieder zurück, griff erneut danach, ein schönes Buch, fester Einband, Schutzumschlag und Lesebändchen. Lächerlich, dachte er, ein Blanco-Exemplar der Bibliothek Suhrkamp. Jetzt verlegen sie schon leere Seiten! Spötter behaupten, es sei das meistverkaufte Buch der berühmten Reihe. Er könnte es in der Sekundarstufe II interpretieren lassen. Was will der Dichter uns damit sagen? Das Buch war ein Geschenk, aber Winkler wusste nicht von wem. Vielleicht sogar von jenem mysteriösen Anrufer? Er versuchte sich vorzustellen, wie Britta sich fühlte, wenn sie die Sätze, die sie früher auf Zettel geschrieben hatte, jetzt in ein Suhrkamp-Buch schrieb. Der Anruf, fiel ihm ein, könnte auch von Beate gewesen sein, Brittas bester Freundin, sie hatte sich, als die Kinder aus dem Haus waren, vor kurzem von ihrem Mann getrennt und war aus der gemeinsamen Wohnung ausgezogen, sicher hatte sie deswegen eine neue Nummer. Wenn Britta über Beates Trennung sprach, glaubte Winkler eine sanfte Drohung in ihrem Tonfall zu hören, als sei Trennung auch für sie zumindest eine Option. Als er das Notizbuch zurücklegen wollte, ohne dadurch später bei Britta den Verdacht zu erregen, er könnte darin gelesen haben, wusste er nicht mehr genau, wie es gelegen hatte, auch das Handy war beim Vibrieren leicht verrutscht.

Er dachte an die Tischnachbarn, die jetzt gerade mit Rückenwind zum Leuchtturm radelten und wusste nicht, wo er Britta suchen sollte. Der Sand war inzwischen getrocknet und rieselte vom Schuh auf den Fußboden, was ihn an seinen alten Schulweg erinnerte und damit wieder an Bergthaler. Ihre Schule lag an einem kleinen Hügel und bestand aus mehreren Gebäuden, Sportplatz, Turnhalle und der Trakt für die unteren Klassen lagen in der Ebene, während sich der Schulgarten und das Gebäude für die oberen Klassen auf der Anhöhe befanden. Zwischen diesen beiden Teilen gab es einen schmalen Weg, der an der Flanke des Hügels durch eine ehemalige Sandgrube führte, in der das Material zum Bau der umliegenden Häuser gewonnen worden war. An vielen Stellen rund um das Dorf hatte der Boden solche kleinen Schlünde, selbst auf den sanft gewellten Feldern zeigten sich, als sei der Boden abgesackt, kleine mit Bäumen bewachsene Senken, um die die Traktoren mit ihren Pflügen Bögen zogen, als kämmten sie Locken in den Acker, noch Anfang des letzten Jahrhunderts, so wurde erzählt, hatten die Bauern dort mit Hacken und Schaufeln Kohle aus der Erde gekratzt. An den Berghängen gab es winzige Steinbrüche, deren jäh aufragende, zerklüftete Felswände kupferbraun glänzten, einige der am Fuße der Klippen klaffenden Löcher waren später zu Schutthalden geworden, andere hatten ihnen, nun mit Wasser gefüllt, als Badestellen gedient, das Wasser schien schwarz, und keiner sprang so todesmutig von den Klippen wie Jürgen, der sich auch im Winter als Erster auf das dünne Eis wagte. Wie die Steinbrüche war auch die Sandgrube zwischen den Schulgebäuden aufgelassen und damals längst von Birken und Brombeergestrüpp überwuchert, ein Dschungel, in dem täglich ein Wettstreit im Kreischen entbrannte, den morgens die Vögel, am Nachmittag die Kinder gewannen, im Herbst konnte man dort sogar Pilze finden, Sandpilze, Birkenpilze, manchmal auch Rotkappen. Von der Turnhalle, wo Bergthaler jeden Morgen auf ihn wartete, schlängelte sich der Weg zwischen grasbewachsenen, an den Seiten abgestochenen, ockerfarbenen Sandhaufen in die Grube hinein, um dann, der hiesigen Steilküste gleich und mit Knüppeln und hölzernen Bohlen zu einer Treppe ausgebaut, jäh anzusteigen, oben führte er durch den Schulgarten und an einigen Terrarien vorbei, in denen zwischen Moos und wucherndem Farnkraut Schildkröten, Eidechsen und Schlangen, in kleinen Tümpeln Frösche, Molche und Salamander gehalten wurden. Bergthaler hatte die Pflege der Terrarien übernommen, und er genoss das Privileg, als Einziger das auf der Umfassungsmauer liegende Schutzgitter auch in Abwesenheit des Biologielehrers Weitzmann öffnen zu dürfen. Er stieg in das ummauerte Geviert, packte eine der Nattern mit blitzschnellem Griff hinter dem Kopf und hielt sich das aufgerissene Maul des Reptils nah vors Gesicht, er poste wie ein Dompteur im Zirkus, was bei den

Mitschülern, obwohl sie von der Harmlosigkeit der Tiere wussten, einen gehörigen Schauer auslöste, der freilich zunehmend gespielt war und Teil des Rituals, bei dem Bergthaler stolz die Rolle des Schlangenbändigers innehatte. Weitzmann, fiel ihm ein, hatte nach dem Krieg als Neulehrer begonnen und war in der Dorfschule alt geworden, sie hatten ihn die graue Eminenz genannt, weil er stets in einem mausgrauen Kittel unterrichtete, sein schlohweißes Haar war akkurat gewellt, vielleicht sogar onduliert, und saß bei jedem Wetter fest wie eine Kappe, und er fragte sich, ob von ihm, dem Deutschlehrer Winkler, mehr in den Erinnerungen seiner Schüler bleiben würde als ein paar Eigentümlichkeiten der Frisur und die Farbe seines Jacketts. Er selbst erinnerte sich vor allem an Fräulein König, in die er als Kind wohl sogar ein wenig verliebt gewesen war, eine junge attraktive Lehrerin, die, wie er später erfuhr, damals ihre erste Stelle angetreten hatte und ihr Leben lang unverheiratet und kinderlos blieb. Vielleicht hatte er nur ihretwegen überhaupt seinen Beruf ergriffen. Trotzdem hatte er sich damals nicht den von ihr betreuten Sanitätern, sondern den Aquarianern angeschlossen, die auch unter Weitzmanns Ägide standen, eine weitaus weniger gefährliche Tätigkeit, die höchstens dann ein wenig Aufsehen erregte, wenn es galt, einen aufgedunsenen, bäuchlings an der Oberfläche treibenden Fischkadaver mit dem Kescher aus dem Becken zu angeln und damit, eine Hand unter dem tropfenden Netz, das Biologiezimmer zu durchqueren, um den glitschigen Leib mit den milchig trüben Augen anschließend in der Toilette zu entsorgen. Selbst ein aus dem Wasser gefischter, mit seinen Scheren winkender und in die Luft schnappender Flusskrebs erzielte nicht annähernd die Wirkung von Bergthalers Vorführungen. Nur einmal hätten die Aquarianer den Schauer dieser Vorführungen fast erreicht, doch als Weitzmann sie damit beauftragte, ein gutes Dutzend von ihm in einem großen Topf gekochte Gänseköpfe als Anschauungsobjekte für den Biologieunterricht zu skelettieren und sie mit Skalpellen das Fleisch vom Knochen schabten und die Augäpfel aus den Schädeln puhlten, blieb das dem Rest der Klasse verborgen. Als er Bergthaler später einmal an das Terrarium erinnerte, lachte der nur kurz auf, aber es war ein Lachen ohne jede Heiterkeit, eher ein höhnisches Kläffen, und dann wurden seine Augen schmal und seine Stimme klang seltsam gepresst, als er von den Nattern sprach, die sich am prallen Busen des deutschen Sozialstaates nährten, die ihn aussaugten, und vielleicht bemerkte er gar nicht, wie sich seine Hand dabei zu jenem Griff verkrampfte, mit dem er damals die Schlangen aus dem Schulterrarium hinter dem Kopf gepackt hatte, um den anderen deren weit aufgerissene und spitz gezahnte Mäuler zu präsentieren.

Wie spät mochte es eigentlich sein? Britta, dachte er, müsste nun bald zurückkommen, denn auch sie hatten für die wenigen Tage ein straffes Programm, über dessen Erfüllung sie in ihrer Suhrkamp-Bibliothek sorgfältig Buch führen würde. Er wollte die Zeit nutzen oder wenigstens herumkriegen und legte sich noch einmal aufs Bett, auf Brittas Seite des Bettes, er stopfte sich ihr Kissen unter den Kopf. Auf dem Nachttisch stand ein Glas Wasser, daneben lagen eine Packung Kopfschmerztabletten und eine am Ende eingerollte Tube Hautcreme. Das Fenster stand offen, der Wind bauschte bei leisem Rascheln die Vorhänge mit den aufgedruckten Möwen, als segelten die Vögel vom Meer herein in die Wohnung, und er war froh, dass er mit Britta nicht im Hotel abgestiegen war, wo jetzt wahrscheinlich schon der Reinigungstrupp durch die Zimmer fegen und ihn aufschrecken würde oder der Hausmeister lärmend mit dem Laubbläser auf dem Bürgersteig hantierte. Die Bettwäsche roch nach Weichspüler. Er dachte an Britta, sah sie wie in einem Werbespot die Bettwäsche gegen ihre Wangen drücken und hörte sie den Satz *So duftet das Paradies* sagen. Irgendwann musste er eingeschlafen sein.

3

Von einem lauten Klopfen wach geworden, schreckte Winkler auf. War das der Klabautermann, oder hatte Britta nur ihren Schlüssel vergessen? Er sprang aus dem Bett und taumelte schlaftrunken zur Tür, als er sie öffnete, schlug im Schlafzimmer krachend das Fenster zu, und das ganze Haus schien zu erzittern, zumindest die Scheiben. Vor der Tür stand Frau Petersen, die Chefin, die zwar geklopft hatte, nun aber erschrocken, die Hände auf das von Wind und Sonne ledrig gewordene Dekolleté legend, einen Schritt zurücktrat, offenbar hatte sie nicht wirklich damit gerechnet, um diese Zeit jemanden in der Wohnung anzutreffen. Gott sei Dank!, rief sie erleichtert, während Winkler in Gedanken den Klabautermann anflehte, er möge das Fensterglas vor Schaden bewahrt haben. Dann versuchte er, den von seinen Schuhen gerieselten Sand mit dem nackten Fuß möglichst unauffällig unter den Tisch zu wischen. Frau Petersen war viel zu aufgeregt, um es zu bemerken, etwas musste passiert sein, vermutlich nichts Angenehmes, denn die arme Frau schien nicht recht zu wissen, wie sie ihm das, was sie ihm mitzuteilen hatte, sagen sollte, ihre Finger spielten nervös mit einem meerblauen Amulett, das leise klirrte, wenn es gegen den Fingerring stieß. Es verwirrte ihn, dass sie den gleichen süßlich blumigen Geruch versprühte wie der auf der Spiegelkonsole im Bad aufgestellte

Strauß von Duftstäbchen. Sie redete um den heißen Brei, und da das Wetter schnell abgehandelt war, erkundigte sie sich fast ängstlich, ob sie mit der Wohnung zufrieden seien und mit dem Essen. Keine Frage nach der Musik. Winkler unterdrückte ein Gähnen, zerbiss es mit zitterndem Unterkiefer, sagte dann, was die Höflichkeit gebot, und dabei fielen ihm die Wörter Kopfnoten und Gesamtverhalten ein, dass der Apfel ziemlich welk gewesen war, geschenkt, er behielt es für sich. Frau Petersen nickte zufrieden, ihre Unruhe aber blieb, dann nahm sie endlich all ihren Mut zusammen und nannte ein Autokennzeichen, wollte wissen, ob es das seine sei. Das war es, und er erschrak. Britta, dachte er, musste also das Auto genommen haben. Womöglich hatte sie einen Unfall gehabt. Sofort schossen ihm Bilder durch den Kopf. Es war dunkel, es regnete, er sah, vom Blitz eines nächtlichen Gewitters für einen Augenblick ins Bild gesetzt, die in weiße Overalls gehüllten Gestalten durch die Dunkelheit geistern, die Köpfe unter Kapuzen vermummt wie Gespenster, sah das kalte Licht einer blauen Rundumleuchte über die angespannten Gesichter der Kommissare zucken, hörte auch, wie jemand *Näheres erst nach der Obduktion* sagte ... Sekunden später dann ein anderes Bild: Der Wagen stand auf einer Brache, am Hafen vielleicht, verlassen, mit geöffneter Tür, die Spürhunde wuselten aufgeregt hinterm blau-weißen Absperrband, zerrten an der Leine und nahmen bellend Brittas

Fährte auf… Du siehst zu viele Krimis, dachte er noch, und dass die Angst eine Form von Liebe sein kann, als Frau Petersen ihn bat, das Auto doch bitte auf einen anderen Parkplatz zu fahren. Und nun, da die Katze endlich aus dem Sack war, plapperte sie befreit drauflos, der Wagen stehe im Weg, der Bagger sei nämlich gekommen, früher als erwartet, aber sie wolle sich nicht beklagen, weil es nun endlich losgehe mit den Schachtarbeiten für den Pool, sie habe schon lange auf diesen Tag gewartet, denn erst ein Pool mache das *Seeparadies* perfekt. Sie wartete ungeduldig, bis er in seine Schuhe geschlüpft war und den Schlüssel geholt hatte, und ging ihm dann voran, sehr aufrecht, sehr zielstrebig, eine Amtsperson, wenn auch vor Aufregung etwas kurzatmig, wobei sie sich nach Winkler umdrehte und sich für die Unannehmlichkeiten entschuldigte, während er ihr mit noch immer zitternden Knien folgte und sich, als sie an den mit Oleander bepflanzten Kübeln vorbei über den Hof gingen, fragte, ob Frau Petersen, wäre er nicht dagewesen, allein im Zimmer nach dem Autoschlüssel gesucht hätte und griff dabei nach einem der schmalen Blätter, doch da drehte sie sich schon wieder nach ihm um, weshalb er seine Hand im letzten Moment zurückzog. Hoffentlich springt das Auto an, sagte er in einem Tonfall, als wäre ein Zweifel angebracht. Malen Sie den Teufel nicht an die Wand, gab sie mit gespielter Heiterkeit zurück. Er hätte sie nach Britta fragen können, aber wie steht man denn da, wenn man nicht weiß, wo die eigene Frau ist.

Als er das Auto in eine Lücke neben den Mülltonnen gezwängt und sich durch den schmalen Türspalt gewunden hatte, sah er die Bauherrin den Bagger fotografieren, der noch mit laufendem Motor auf der Stelle tuckerte, aber bald das *Seeparadies* perfekt machen sollte. Sie fotografierte die Ginsterbüsche und die jungen Birken, die dem perfekten *Seeparadies* noch im Weg standen, sie fotografierte das den Blicken der Gäste bisher hinter den Büschen weitestgehend verborgen gebliebene, sorgsam arrangierte Material am hinteren Rand der Anlage, Plastikrohre, Fliesenstapel, Paletten voller Zementsäcke, das Geflecht rostiger Bewehrungseisen, sie fotografierte jedes Detail und jeden Moment dieser für das *Seeparadies* historischen Stunde. Schon schlug der Bagger die Zähne seiner Schaufel in die Grasnarbe des mit bunten Holzstäben abgesteckten Gevierts, und Winkler musste an Kafkas Landvermesser denken, an den Landvermesser K., und er ahnte, dass der Baulärm in den nächsten Tagen anhalten und Brittas Befürchtung wahr werden würde, schlimmer noch, Frau Petersen würde die Musik noch lauter stellen müssen, es sei denn, gerade der Baulärm klinge ihr wie Musik in den Ohren. Bald müsse hier niemand mehr zum Baden an den Strand, frohlockte die Bauherrin, als er wieder neben ihr stand, was ihr vorschwebe, sei ein moderneres Konzept, ein Rundumsorglospaket,

die ganze Destination brauche frischen Wind, und sie werde für diesen Wind sorgen, *all inclusive* sei das Zauberwort, die Gäste wollten das so, und die Konkurrenz schlafe nicht, eine Sauna sei heute schon fast Mindeststandard, ließ sie ihn wissen und wischte begeistert eine Entwurfszeichnung nach der anderen auf ihr Smartphone. Auf einem der Bilder, das fast lebensecht schon jetzt glückliche Poolbenutzer und Beachbargäste des zukünftigen Paradies-Resorts zeigte, glaubte er Britta zu erkennen, doch als Frau Petersen das Bild mit sich spreizenden Fingern vergrößerte, waren es ausnahmslos junge Leute, fast wie bei einem Schulausflug seiner Klasse, so, dachte er, sieht sie also aus, die Zukunft. Ihr selbst war die Zukunft, die ihren Gästen erst noch bevorstand, offenbar bereits gegenwärtig, denn als sie sich dann doch nach Brittas Verbleib erkundigte, klang es, als erhebe sie schon jetzt den Tatvorwurf der unerlaubten Entfernung aus dem Paradies. Ich weiß nicht, stammelte Winkler, während sie, der plötzlich bewusst geworden schien, dass sie hier ihre wertvolle Zeit verplemperte, meinte, na gut, er werde schon wissen, was da zu tun sei, sie jedenfalls müsse nun wieder an ihre Arbeit, sie werde ihm die Bilder aber schicken, zeitnah, wie sie betonte.
Und da fiel ihm ein, dass Bergthalers Wohnung in der Karl-Marx-Straße, damals, als das Smartphone noch Zukunftsmusik war, voller Fotos gehangen hatte. Es war Bergthalers erste eigene Wohnung in der Stadt,

Winkler erinnerte sich genau, auch daran, dass ihm schon damals das Wort Unterschlupf passender erschienen war. Ein Hinterhaus mit einem kleinen ummauerten Hof, Mülltonnen, Teppichstangen, ein mickriger Holunderbusch, die Mauerkrone zum Nachbargrundstück war mit Glassplittern gespickt. Das Gebäude klebte an der es weit überragenden Brandmauer des Vorderhauses, nur der Schornstein reckte sich wie der Wassertrieb eines Baumes dem Licht entgegen, es war aber nicht nur viel niedriger, ihm fehlte auch die Tiefe, das Treppenhaus glich einer hölzernen Hühnerstiege, und die kleinen schmalen Zimmer lagen alle auf einer Seite des Flures, der sich ans Vorderhaus schmiegte. Hier war es eng, beim Gehen zog man unwillkürlich den Kopf ein und schob eine Schulter nach vorn, der Korridor wirkte aber gerade wegen seiner Enge erstaunlich lang, dem Zellentrakt eines Klosters oder Gefängnisses ähnlich reihte sich Tür an Tür, Bergthaler jedoch schien andere Assoziationen gehabt zu haben und hatte die Wohnung seinen Puff genannt. Er hatte sich nicht die Mühe gemacht, die Zimmer vor seinem Einzug zu renovieren, an den Wänden klebte noch die ergraute Tapete der Vormieter mit den Konturen der Möbel und Bilder, die einst dort gestanden oder gehangen hatten, nun war sie von Stecknadeln durchbohrt und fungierte als Hintergrund der Fotos, die Bergthaler auf seinen Streifzügen durch die Stadt gemacht hatte. Von verblassten, an den Rändern eingerollten

Akanthusblättern umrankt, gab es auch auf ihnen, abgesehen von den gläsernen Stecknadelköpfen an den Ecken, kaum Farbe, als spiegelten Grautöne allein schon die Welt. Verfallene Häuser, Müllberge, Plakate, die vor maroden Fabriken oder über den Köpfen von Demonstranten den Sieg des Sozialismus verkündeten, und eine von den Folgen der Umweltverschmutzung geschundene Natur waren die hauptsächlichen Motive dieser sich zu einer Galerie der Tristesse formierenden Aufnahmen, die einerseits die Realität abbildeten, aber durch die schiere Menge und Ähnlichkeit der Motive eine künstliche, ins Irrationale gerutschte Welt zeigten. Aus Bergthalers anfänglicher Leidenschaft für die Fotografie war mit der Zeit eine Obsession geworden, da gab es unzählige Bilder von Tauben und Ratten, die, von Autos überfahren, am Straßenrand verreckt waren, von aufgedunsenen Fischkadavern, die bäuchlings im trüben Wasser trieben, eine ganze Serie zeigte nichts als an Stacheldrahtdornen verfangene Haarbüschel, eine andere hohläugige Plastikpuppen mit eingedrückten Köpfen und verrenkten Gliedmaßen. Manche Bilder waren unscharf oder überbelichtet, und obwohl Bergthaler viel Zeit mit Fotografieren verbrachte, hatte er nie versucht, die Qualität seiner Fotos zu verbessern, an eine Zeitung wären sie ohnehin nicht zu verkaufen gewesen. Er hatte kein künstlerisches, ja nicht einmal ein handwerkliches Interesse, es genügte ihm, sein Zuhause mit diesen morbiden Bildern zu tapezieren, als brauchte er ständig Beweise für seine pessimistische Weltsicht. Wegen der Fotos gab es keinen Platz für Schränke oder Regale, alles, was Bergthaler besaß, lag auf dem Fußboden verstreut oder gestapelt, auf Haufen geworfen oder in Müllsäcken verstaut. Winkler hatte sich oft gefragt und fragte sich noch heute, wie Bergthaler in dieser Umgebung hatte leben können, und doch war es, erinnerte er sich über den Hof des *Paradieses* gehend, Bergthalers sogenannter Puff, in dem er nach einer Geburtstagsfeier zum ersten Mal mit Britta geschlafen hatte. Er wusste nicht mehr, ob die Initiative von ihm ausgegangen war oder von ihr, bestimmt war auch Alkohol im Spiel, aber sie hatten miteinander geschlafen, unter den wehenden Fahnen eines Demonstrationszuges und dem auf der Tribüne aufgereihten, mehrheitlich von Greisen besetzten Zentralkomitee, dessen Mitglieder auf sie herabblickten, die meisten streng, andere lächelten milde oder winkten ihnen sogar mit ihren Hüten zu, so dass sie, ständig animiert und bejubelt, *Vorwärts! Vorwärts! Er lebe hoch! Er lebe hoch!*, in ihrem Treiben nicht nachlassen wollten, bis Bergthaler, der schon eine Weile wie ein Wächter im Flur auf- und abgegangen war, irgendwann an die Tür trommelte, als sei die ihnen in seiner Absteige zugebilligte Zeit abgelaufen, und er müsse auf eine Nachzahlung drängen, und das sagte er dann auch. Es war ein Scherz gewesen, aber Britta hatte sich danach geweigert, Bergthalers Wohnung in der Karl-Marx-Straße noch einmal zu betreten, wegen der Fotos, wie sie sagte, doch es lag wohl, wie Winkler vermutete, vor allem an Bergthalers Auftritt am Morgen. Die Sache war dann sowieso hinfällig, denn irgendwann war das Haus abgerissen worden und Bergthaler in die leeren Räume einer ehemaligen Heißmangelanstalt gezogen.

Der Bagger hatte seine Arbeit inzwischen fortgesetzt. Es kratzte und scharrte, es polterte, rumpelte und tuckerte. Gegen den Krach halfen auch die geschlossenen Fenster wenig, und manchmal vibrierten die Scheiben. Frau Petersen, dachte Winkler, pfeift in ihrem Büro sicher vor Freude eine beschwingte Melodie. Er fürchtete, der Bagger könnte womöglich das ganze Wochenende in der Erde wühlen, schließlich galt es, Großes zu vollbringen und die Zukunft des Paradieses zu sichern. Und doch, wenn er sich vorstellte, wie diese seinem Blick im Moment verborgene Maschine kraftvoll und gleichmäßig ihre Arbeit tat, konnte er sich einer gewissen Faszination nicht entziehen und war überzeugt, dass der Baggerfahrer bei jeder Portion Erde, die er aus der Grube löffelte und nach einem seitlichen Schwenk des Auslegers wieder fallenließ, mit jedem Zentimeter, mit dem er sich in die Tiefe grub, auch ein kleines Maß an Freude und Befriedigung, wenn nicht sogar Glück empfinden müsse, so einfach und unmittelbar, wie es ihm bisher noch in kaum einer Unterrichtsstunde gelungen war. Würde es ihn denn befriedigen, wenn er wüsste, dass ein paar seiner Schüler noch nach Jahren wenigstens die ersten drei Zeilen des *Osterspaziergangs* aufsagen konnten? Dabei war er schon froh, wenn sich einige nach ihrer Schulzeit einigermaßen in der landesüblichen Sprache, die für immer mehr nicht die Muttersprache war, auszudrücken verstanden, meist hatte er aber das Gefühl, Perlen vor die Säue zu werfen und wusste, die meisten verließen die Schule mit dem Schwur, in Zukunft nie wieder ein Buch aufzuschlagen. Seine Eltern, fiel ihm ein, hatten nach der Schulzeit wahrscheinlich auch kein Buch mehr gelesen, jedenfalls keinen Roman, aber er hatte keinen Grund, ihnen deswegen etwas vorzuwerfen, sie hatten ihr Möglichstes getan, und er ärgerte sich, ihnen das nie gesagt zu haben. Er war seinen Weg gegangen, vielleicht aber waren sein Beruf und der Eifer, mit dem er die Regale seiner Bibliothek füllte, doch ein stummer Vorwurf an seine Eltern, versuchte er mit jedem Buch die Leerstelle, die seine Herkunft hinterlassen hatte, zu markieren. Aber hatte ihn das glücklicher gemacht? Er dachte an das Tischlerwerkzeug seines Vaters, an die Sorgfalt, ja die Liebe, mit der der Vater es gepflegt hatte, die Hobel, Handsägen und Stemmeisen, und wie sie in der Hand lagen, als könnten die vom häufigen Gebrauch geglätteten Griffe Geschicklichkeit und Erfahrung des Vaters auf jeden Nutzer übertragen, sogar auf ihn. Und wie der Vater das Holzmehl von einem geschliffenen Werkstück blies, wie andächtig seine Hand die Oberfläche liebkoste... Ein eigenes Haus bauen, ein Haus inmitten der Landschaft, auf einer Wiese, so dass man morgens barfuß durch den Tau gehen kann, vielleicht sogar am Meer, ein Haus, wie auf dem fingierten Foto vom *Paradies*, Winkler hatte davon geträumt, doch dafür war es längst zu spät, wie es auch für seinen Antiquariatstraum zu spät war, der Wunsch aber blieb, und der schien ihm wichtiger als die Realisierung. Manchmal noch wünschte er sich wenigstens einen großen Garten, ein Garten schien ihm die letzte erreichbare Option, er würde dort zwar säen und pflanzen, vor allem aber würde er jäten, er erwartete keine Ernte, wollte nur mit den Händen in der Erde wühlen, einen Spaten in den Boden rammen, mit der Säge gegen einen Ast, mit der Axt gegen einen Stamm vorgehen. Oder sollte er sich lieber wieder ein Aquarium anschaffen? Er hatte jetzt Lust hinauszugehen und dem Bagger zuzusehen, doch dann fielen ihm die alten Männer ein, die gaffend an jeder Baugrube standen und das Geschehen sachkundig kommentierten, von den alten Zeiten schwärmten, als man noch mit Spitzhacke, Schaufel und Schubkarren seinen Mann gestanden und kräftig in die Hände gespuckt hatte. Oft waren diese selbsternannten Bausachverständigen auch Experten in Bildungsfragen, alte Schule eben, und begannen, gelernt ist gelernt, als Probe aufs Exempel *Die Glocke* aufzusagen oder den *Zauberlehrling*. Winkler blieb dann doch lieber im Zimmer. Als er sich gerade fragte, ob es wirklich wichtig sei, ein Gedicht nach Jahren auswendig aufsagen zu können, hörte er ein lautes Scheppern, ein Kratzen und Schaben, ein Röcheln, und dann war plötzlich Stille. Die Stille ließ ihn aufhorchen und machte ihn nervös, er lauschte, nichts außer dem knisternden Flügelschlag eines Nachtfalters, der zappelnd an der Scheibe aufstieg und immer wieder abrutschte. Als er ihn fangen wollte, schreckte er aus Angst, das Tier dabei zu verletzen, mehrmals zurück. Er öffnete das Fenster, nichts. Kein Hundebellen. Kein Fahrradklingeln. Kein Rollkofferknattern. Der Bagger stand still, nur die Tür der Fahrerkabine wurde zugeschlagen. Auch im Zimmer war es still, der Nachtfalter saß jetzt regungslos an der Zimmerdecke, und schon nach ein paar Minuten hatte Winkler das Gefühl, diese plötzliche Stille sei ein Zeichen und der Grund, dass sich seine Gedanken an Britta nun wieder mit Ängsten und Zweifeln beschwerten, auch ohne Auto, dachte er, konnte ihr schließlich etwas zugestoßen sein, die Stille war kaum zu ertragen. Er vermisste ihre Stimme, ihm fehlte Musik. Es gab kein Radio, und den Fernseher wollte er nicht einschalten. Sollte er Staub saugen? Nein, auf keinen Fall, er klopfte mit dem Schlüssel gegen die Heizung, schaltete das Licht an und aus, redete mit dem Nachtfalter, drehte im Bad den Wasserhahn auf, hörte dem Rauschen zu. *Walle! Walle / Manche Strecke, / Dass, zum Zwecke, / Wasser fließe ...* Er drehte den Hahn wieder zu.

Das Wasser tropfte noch eine Weile, schon dachte er an die letzten Tage seiner Mutter, an das Tropfen aus der Infusionsflasche, plopp, plopp, plopp, der Countdown ihres Lebens. Er irrte durchs Zimmer, die Titel der wenigen offenbar von früheren Gästen zurückgelassenen Bücher auf dem Wandbord kannte er inzwischen auswendig, sogar in der richtigen Reihenfolge. Jorge Luis Borges fiel ihm ein, der sich das Paradies als eine Art Bibliothek vorgestellt hatte. Er hätte ein paar Seiten lesen können, schaltete dann aber doch den Fernseher an. Eine Tierdokumentation lief, ein paar Minuten schaute er einer Gruppe sich lausender Affen zu, dann langweilte es ihn. Er wollte etwas tun, gehen, dachte er endlich, du solltest einfach wieder gehen, aber irgendwann, fiel ihm ein, würde Britta wiederkommen, und dann musste er in der Wohnung sein.

Also ging er zur Raucherinsel und traf dort den Baggerfahrer, einen schwerfälligen, dem Anschein nach aber gutmütigen Mann um die vierzig, der in seiner viel zu eng sitzenden Arbeitsmontur, einem grünen Overall, etwas unbeholfen und tapsig wirkte, ihn aber freudig begrüßte. Gut, dass Sie kommen, sagte er, als könne Winkler ihm bei dem, was ihm offenbar bevorstand, behilflich sein. Als Winkler ihn aber danach fragte, winkte er ab: Hören Sie bloß auf! Seine Haare waren feucht und zerwühlt, quer über die Stirn lief ein breiter roter Striemen, der Abdruck des Bauhelms. Dazu ein Blick, als habe er etwas verbrochen. Manchmal, dachte Winkler, schaute ihn einer seiner Schüler so an oder früher sein Sohn, und tatsächlich, das Gesicht, das leicht gerötet war, wirkte mit seinen glatten, an aufgegangenen Hefeteig erinnernden Pausbacken irgendwie kindlich, noch eher babyhaft, voll ewiger Unschuld, rasieren, dachte er, muss der sich jedenfalls nicht. Und dann kam, als sei auch sie von der bedrohlichen Stille aufgeschreckt worden, plötzlich Frau Petersen, deren Gesichtsausdruck ahnen ließ, dass der Baggerfahrer tatsächlich Hilfe nötig haben könnte. Zunächst beließ sie es bei einem missbilligenden Blick, fingerte nur nervös an ihrem Amulett, sah demonstrativ auf ihre Uhr, wippte unruhig auf den Zehenspitzen, doch als Winkler dem grünen Teddybären eine Zigarette anbot, war das Maß voll. Zwar lehnte der mit einem müden Lächeln ab, doch für Frau Petersen, ganz Chefin nun, machte das keinen Unterschied, für's Rumstehen und Rauchen, blaffte sie ihn an, werde hier niemand bezahlt, sie verdiene ihr Geld schließlich auch nicht im Schlaf. Und Sie haben wohl auch nichts zu tun? Das galt Winkler. Nein, sagte der, er habe schließlich das Paradies gebucht. Er sah sie dabei an und gleichzeitig an ihr vorbei, oder eher, wie er das von seinen Schülern gelernt hatte, durch sie hindurch. Der Baggerfahrer lächelte dankbar, auch ihn brachte anscheinend nichts aus der Ruhe, zumindest äußerlich, im Gegenteil, schicksalsergeben schien er solche Vorwürfe gewöhnt, er tapste zwei Schritte zurück, platzierte sein dralles Gesäß auf die Bank und knetete erst einmal bedächtig seine Hände, als ließe sich so leichter sagen, was zu sagen war, und tatsächlich warf er sie dann in die Höhe, ungewöhnlich fleischige Hände mit seltsam kurzen Fingern, sie hatten, fand Winkler in diesem Moment, etwas Maulwurfhaftes, doch dann machte der Baggerfahrer seine Arme lang, fuhr mit ihnen durch die Luft und formte etwas, sehr groß, sehr bauchig, das er einen Kaventsmann nannte. Ein riesiger Stein, meinte er Winkler erklären zu müssen, wahrscheinlich ein Findling, der liege, wo er liege, gleich unter der Grasnarbe und genau an jener Stelle, die eigentlich..., kurzum, es tue ihm leid, aber mit einem kleinen Bagger sei da nichts zu machen, hier müsse richtig schwere Technik her. Frau Petersen glitt das Amulett aus den Fingern. Auch in ihrem Gesicht kam etwas ins Rutschen. Der Schreck war ihr peinlich, sie presste die Lippen zusammen, wollte die Kontrolle behalten und mimte, um etwas Zeit zu gewinnen, erst einmal die Begriffsstutzige, so dass der Baggerfahrer, nun schon leicht genervt, mit seinen Maulwurfshänden erneut zu einer Bewegung ausholte, die noch weitgreifender geriet, dabei musste auch Frau Petersen längst klar sein, dass ihr und dem Ausbau des *Seeparadieses* da ein gewaltiger Stein in den Weg gelegt worden war. Aber wie nun weiter? Der Baggerfahrer ließ nur die Schultern sprechen, ein kurzes Zucken, die Hände waren nun wieder ruhig und verharrten wie zum Gebet gefaltet zwischen den Knien. Doch Frau Petersen rief diesmal nicht nach Gott, sie wusste einfach keinen Rat, einen Augenblick sah sie sogar hilfesuchend zu Winkler, doch dann sagte sie, sie werde mit dem Architekten sprechen. Mein Sohn ist Architekt, leitet ein erfolgreiches Planungsbüro, der kennt sich mit so etwas sicher aus, wäre es Winkler, von einem ihn plötzlich überkommenden Anflug von Stolz überrumpelt, beinahe entfahren. Ich muss es ihm erzählen, später am Telefon, dachte er, während Frau Petersen die Augenbrauen hob und noch einmal verächtlich auf den Baggerfahrer herabsah, als habe der an all dem Ungemach Schuld und sie das von Anfang an vorausgesehen. Einen Moment lang schien sie noch zu überlegen, mit welcher Aufgabe sie den Nichtsnutz nun betrauen könnte, doch als sie sah, wie er begonnen hatte, das Etikett von einer Wasserflasche zu kratzen und aus dem Papier kleine Kugeln zu formen, winkte sie, dabei tief einatmend, nur entmutigt ab. Dann fummelte sie an ihrem Handy herum, drückte dabei mit dem Hintern die Tür auf und verschwand im Hauptgebäude. Jetzt wird sie sich beim Architekten beschweren, dachte Winkler, doch in diesem Moment begann die Stereoanlage laut zu dröhnen.

Erst nach ihrem Verschwinden verlor der Baggerfahrer die Fassung. Ob er nicht vielleicht doch…, fragte er schüchtern und zeigte auf Winklers Zigaretten. Der hielt ihm die Schachtel hin und sah, dass dem anderen, als er nach einer Zigarette griff, die Hände zitterten und der Schweiß auf der Stirn perlte. Auch gelang es ihm nur mühsam, die Zigarette in Brand zu setzen, zumal er nach dem ersten zaghaften Zug erklärte, normalerweise nicht zu rauchen, sodass die karge Glut gleich wieder erlosch, Winkler ihm noch ein zweites Mal Feuer geben musste, und erst da fiel ihm der über die Brusttasche des Overalls gestickte Namenszug auf. Hammerschmidt also, und so ein Kerl macht sich wegen eines bösen Blicks der Petersen fast ins Hemd!, dachte Winkler, der seine Schadenfreude über den zumindest vorerst gescheiterten Schwimmbadbau unterdrückte und, weil reden ja angeblich helfen soll und er später mit seinem Sohn telefonieren wollte, noch etwas über den ominösen Stein des Anstoßes wissen wollte. Ein Kaventsmann, wie er im Buch stehe. In welchem Buch?, wollte Winkler wissen, aber das wusste Hammerschmidt nicht, da gebe es nicht viel zu sagen, das komme hier schon mal vor, gab er sich maulfaul, vielleicht fielen ihm auch nur die passenden Wörter nicht ein, dann aber, nachdem er die nur angerauchte Zigarette in den Aschenbecher geschnippt hatte, klopfte er sich mit den Knöcheln der rechten Hand drei Mal gegen die Schläfe. Es hätte auch ein Blindgänger aus dem letzten Weltkrieg sein können, und wenn ich mit der Schaufel an den Zünder geknallt wäre, hätte hier alles in die Luft fliegen können. Über dem Rand des Aschenbechers wehte eine dünne Rauchfahne. Na ja, es sei nur ein Stein gewesen, versuchte Winkler abzuwiegeln, er wollte ihn beruhigen und sagte dann doch, dass man immer mit dem Schlimmsten rechnen müsse. Und als ihm bewusst wurde, dass er gerade mit Brittas Worten gesprochen hatte, sah er, dass das Fenster in ihrem Haus, das er vor ein paar Minuten geöffnet hatte, wieder geschlossen war. Britta war also zurück. Für Hammerschmidt hatte er nur noch einen flüchtigen Gruß, ein Handheben, das eher ein Abwinken war, was ihm im nächsten Moment leidtat, doch der starrte sowieso nur vor sich hin, als ticke zwischen seinen Füßen eine Zeitbombe, dabei beobachtete er nur eine Ameise, die ein Stück Oleanderblatt, größer als sie selbst, über ihrem Kopf balancierte.

Während Winkler zurück zum Haus ging, bewunderte er Brittas Gabe, in für ihn heiklen Situationen im richtigen Moment unvermittelt aufzutauchen. Unvermittelt? Nein, eher wie eine nach einem geheimen Plan zum verabredeten Zeitpunkt erscheinende Komplizin. Hilfreich war das vor allem bei Festen oder Gesellschaften, wenn eine sogenannte zwanglose Konversation ins Stocken geriet und zu scheitern drohte, weil Winkler nicht wusste, was er sagen sollte, sich stattdessen in trotzigem Schweigen gefiel und sich lieber in den fremden Wohnungen umsah, heimlich die Bücherregale inspizierend. Oft fielen ihm nicht einmal die Namen mancher Gäste ein, obwohl er mit ihnen flüchtig bekannt war, oder ihre Berufe, und er glaubte, die Bekannten wollten gerade in diesem Moment über Dinge aus ihrem Berufsleben ausgefragt werden. Aber auf Britta war Verlass, sie stand plötzlich neben ihm und riss das Gespräch an sich. Auch mit Bergthaler hatte es Situationen gegeben, in denen Britta allein durch ihr Auftauchen die Gemüter beruhigt und die Lage entspannt hatte, als sei der Streit zwischen ihnen Männersache und könne in ihrer Anwesenheit nicht fortgeführt werden, ohne ihr Eingreifen wäre es vielleicht schon viel eher zum Bruch zwischen ihnen gekommen. Britta war eine routinierte Streitschlichterin, dachte Winkler vor der Wohnungstür, sie musste also auch geahnt haben, dass er ihren albernen Streit von gestern heute Morgen für beendet erklärt hatte. Er war guter Dinge, und in der Annahme, dass die Tür nicht verschlossen sein würde, hatte er den Schlüssel in der Hosentasche gelassen und sofort die Klinke gedrückt, doch seine Schulter prallte gegen das Holz. Trotzdem rief er beim Aufschließen ihren Namen und schaute dann in allen Zimmern nach, nichts, Britta war nicht da. Der Wind musste das Fenster geschlossen haben. Er suchte nach etwas, das er am Morgen vielleicht übersehen hatte, nach einem Zeichen oder einer Nachricht, er fand nichts, wunderte sich nur, dass ihm die fremde Wohnung schon nach ein paar Tagen so vertraut erschien. Was nun? Früher hätte er in solchen Situationen wahrscheinlich Bergthaler angerufen. Jürgen fehlt mir, dachte er, aber weil er diesem Gedanken nicht nachgehen wollte, wählte er die

Nummer seines Sohnes. Wie erwartet meldete sich die Sekretärin und fragte mit übertriebener Freundlichkeit, was sie für ihn tun könne. Als er seinen Namen genannt hatte, glaubte er, ihr Seufzen zu hören. Ihre Stimme klang jetzt genervt. Sie müsse erst nachsehen, ob der Chef zu sprechen sei. Sie sah sehr lange nach, im Hintergrund war leises Stimmengewirr zu hören, das Klappern von Geschirr, doch selbst die Wartezeit erfüllte ihn mit Stolz, sein Sohn, war er nicht gestern noch ein Kind gewesen?, war gerade fünfunddreißig und schon Chef, ein vielbeschäftigter und gefragter Mann, den man nicht einfach unangemeldet sprechen konnte. Als Kind hatte sein Sohn Bergthaler gemocht, ihn sogar, warum auch immer, bewundert. Vielleicht wegen der Unangepasstheit und Leichtigkeit, mit der er die Dinge zu nehmen schien. Wer will schon einen Lehrer zum Vater? Und auch Bergthaler war dem Sohn des Freundes mit großer Zuneigung begegnet. Manchmal hatte Winkler deshalb Eifersucht gespürt, und die Erinnerung daran ließ die Sätze, die er sich jetzt zurechtgelegt hatte, plötzlich einfältig erscheinen. Als der Sohn endlich am Telefon war, kam es Winkler albern vor, ihn mit dem Baugeschehen im *Seeparadies* zu belästigen, sie wollten sich nur mal melden, stammelte er, es ginge ihnen gut, er redete über das Wetter, die Unterkunft, in drei Tagen seien sie zurück. Dass er die ganze Zeit in der Mehrzahl gesprochen hatte, fiel ihm erst auf, weil der Sohn fragte, ob seine Mutter mithöre. Britta stehe gerade unter der Dusche, er wolle auch nicht länger stören, werde ihr Grüße bestellen. Dass er danach Brittas Nummer gewählt hatte, wurde ihm erst bewusst, als ihr Handy auf dem Holztisch zu rattern begann.

4

Als Winkler wieder aus dem Haus trat, das wievielte Mal eigentlich an diesem Morgen?, wollte er ein Schilfrohr aus dem Reetdach ziehen, bekam aber keins der eng aneinandergepressten Röhrchen zu fassen und pflückte stattdessen ein Blatt vom Oleanderbusch. Es war angenehm, das leicht ledrige Blatt zwischen den Fingerspitzen zu zerreiben. Hatte er ein schlechtes Gewissen? Ein schlechtes Gewissen verlangt eigentlich nach einem Geständnis. Er hatte nichts zu gestehen. Vielleicht ein kleines Geschenk, wenigstens einen Blumenstrauß? Er verwarf den Gedanken gleich wieder, weil Britta ein Geschenk womöglich als Schuldeingeständnis werten könnte. Schuld woran?, er hatte sich nichts vorzuwerfen. Auch der Geruch seiner Fingerspitzen war angenehm, aber nicht stark genug, ihn abzulenken oder gar zu beruhigen. Er wollte ihr entgegengehen, zumindest, solange es nur einen Weg gab, den auch sie nehmen musste, also bis zur Einmündung der Sackgasse. Diesmal hatte er auch sein Handy eingesteckt, schließlich waren Herbstferien, wer sollte ihn da schon belästigen. Er nahm sich ohnehin viel zu wichtig. Bergthaler, fiel ihm nach den ersten Metern auf der nur notdürftig befestigten, lehmgelben Schotterstraße ein, hatte ihm seinen Beruf vorgeworfen, sein Lehrersein, anfangs noch wie in einem Spiel mit harmlosen Sticheleien und gelegentlichen ironischen

Anspielungen, über die sie beide gelacht hatten, über seine Verbeamtung aber hatte Bergthaler sich schon allein lustig gemacht, er hatte darin ein Zeichen jener Bürgerlichkeit gesehen, die er verachtete. Er hatte gern gegen die sogenannten Eliten gewettert, gegen die da oben, die immer machten, was sie wollten, hatte sich als Anwalt der kleinen Leute aufgespielt, obwohl gerade die kleinen Leute seine Art zu leben ablehnten und er sich in Wahrheit nicht für sie interessierte und für deren Spießigkeit nur Spott übrighatte: Krämerseelen, Schrebergärtner, Karrieristen. Immer wenn es in der Kneipe ans Bezahlen ging, hatte Bergthaler das Gespräch wie beiläufig auf das Gehalt eines Lehrers gebracht, so ein Schweinegeld, sagte er im Scherz und meinte es ernst. Und Winkler hatte verstanden und meist gezahlt, klaglos, anfangs sogar gern, weil er es sich leisten konnte, mag sein auch aus Nostalgie, sie kannten sich schließlich schon eine halbe Ewigkeit. Immer öfter aber hatte er sich bei dem Gedanken ertappt, diese Freundschaft sei nur eine Art Disziplinlosigkeit, die er sich erlaubte. Bergthalers Lebensstil, selbst dessen provokante Ansichten und Meinungen, all das war ihm recht, um sich selbst eine gewisse Unangepasstheit zu beweisen und sich von seinen biederen Kollegen abzugrenzen, weshalb er ihm viel zu lange viel zu wenig widersprochen hatte. Gewiss, es hatte auch Momente der Vertrautheit gegeben, aber war es nicht doch eher bloße Kumpanei, die sich meist erst im Beisein von Fremden oder

Leuten, denen Bergthalers Verhalten missfiel, einstellte? So wie sich auf dem Schulhof manchmal merkwürdige Allianzen bilden, rückten sie erst in solchen Situationen wirklich zusammen, aber selbst das kam immer seltener vor, denn Bergthaler war, von den gelegentlichen Treffen mit Winkler abgesehen, ein notorischer Einzelgänger und Eigenbrötler. Immerhin, was Bücher betraf, hatten sie lange Zeit den gleichen Geschmack gehabt und sich darüber ausgetauscht, doch dann hatte Bergthaler die sogenannte schöne Literatur aufgegeben, und nicht nur aufgegeben, sondern sich immer abfälliger darüber geäußert und sie, jedenfalls zum großen Teil, für irrelevant erklärt. Bergthaler hatte sich irgendwann nur noch für die aktuelle Publizistik interessiert, wobei er dem, was in den Mainstreammedien, wie er die großen Zeitungen und Zeitschriften nannte, veröffentlicht wurde, keinen Glauben schenkte. Für das Fernsehen, dessen politische Magazine ihm, als es noch Westfernsehen hieß, jahrelang als Instanz der Wahrheit und Garant der Freiheit gegolten hatten, für den *Spiegel*, dessen Artikel von ihm, solange das Blatt noch nicht an den Kiosken des eigenen Landes auslag oder gar zu abonnieren war, ausgeschnitten und archiviert worden waren, hatte er nur noch Verachtung übrig, er habe die Schreiber und Schmierfinken durchschaut, sagte er immer wieder, ihre Behauptungen und Analysen seien nichts als Lügen und Propaganda. Immer öfter zitierte er nun aus politischen Pamphleten dubioser Herkunft oder wiederholte lediglich vom Hörensagen legitimierte Tatbestände, denen er uneingeschränkt Glauben schenkte und deren Botschaften, da er mit niemanden darüber sprach und Winkler meist schwieg, jede Relativierung und jeder Widerspruch fehlte. Über Nacht konnte er sich eine Weltanschauung zusammenbasteln, die er dann wie ein gut durchdachtes Lebenswerk und mit der Attitüde eines Propheten verkündete. Die Welt war komplizierter, das wusste Winkler, er wollte nicht glauben, er wollte wissen, aber manchmal verlor auch er die Lust oder fühlte sich von der Fülle der Informationen überfordert, Wissen, dachte er, das ist doch auch nur die Frage, welchen Quellen man glaubt. Bergthaler behauptete, er tue alles aus Sorge um sein Land. Er sei für eine strikte Begrenzung der Migration, gerade weil er das Erstarken der Rechten verhindern wolle, hatte er einmal gesagt. Winkler nahm ihm diese Sorge ab, auch wenn Bergthalers Äußerungen über Schwarze ihn zweifeln ließen, aber es waren Sorgen, die auch ihn umtrieben, nur unterschieden sich die Schlüsse, die sie daraus zogen, zunehmend. Und das nicht nur inhaltlich, denn blieben die Konsequenzen, wenn auch vehement und mit zornigem Furor vorgebracht, bei Bergthaler theoretisch, hielt Winkler sich zugute, wenigstens in seinem Beruf etwas für seine Überzeugungen zu tun, auch wenn sich der Erfolg zunehmend als Illusion erwies. Aber gerade das brachte Bergthaler in Rage. Immer öfter hatte er

Winkler einen Knecht des Systems geschimpft, einen willigen Erfüllungsgehilfen der staatsideologischen Indoktrination, deren erste Opfer die Kinder seien. Waren das, fragte sich Winkler, wirklich Bergthalers Worte gewesen? Oder hatten sich seine Nörgeleien mit dem, was Winkler seitdem gelesen oder anderswo gehört hatte, vermischt, waren überlagert worden von einem allgegenwärtigen Geraune?

Der Bagger holte ihn an der Kreuzung ein, aber nur, weil Winkler dort stehengeblieben war und nicht weiterwusste. Das Fahrzeug hatte Staub und Sand aufgewirbelt, eine Weile zog es die schmutzgelbe Wolke hinter sich her, dann trieb der Wind sie über das Stoppelfeld, es sah aus, als sei dort noch immer die Ernte im Gang. Der dunstige Schleier hatte das *Seeparadies* verschluckt, nur die Fahne wehte über den Schwaden, flirrend wie eine Fata Morgana in der Wüste. Stupide drehten sich die Windräder am Horizont. Er wusste nicht wohin, auch die Schuhspitzen waren ohne Orientierungssinn. Die Kraniche flogen in geordneten Formationen von Norden nach Süden, ihre Schreie übertönten das Tuckern des Motors. *Sieh da, sieh da, Timotheus…* Der laufende Motor ließ die Scheiben vibrieren, Hammerschmidts Körper wirkte in der engen Fahrerkabine noch wuchtiger und wippte auf dem gut gefederten Sitz auf und ab, feierabendbeschwingt wie Bob der Baumeister oder ein Reiter hoch zu Ross, dachte Winkler. Hammerschmidt hielt an, unklar, ob wegen Winkler oder der

geltenden Verkehrsregeln. Schon Feierabend?, rief Winkler dem Fahrer zu, doch der verstand ihn offenbar nicht, grinste aber und fuchtelte, nachdem er die von innen beschlagene Scheibe abgewischt hatte, mit den Händen, was aussah, als werfe er etwas nach hinten über die Schulter, eine Geste, die *Ich-geh-jetzt-einen-heben* oder *Die-Petersen-kann-mich-mal* bedeuten konnte. Als der Bagger weiterfuhr, drückten die staubigen Räder einen gemusterten Bogen auf den Asphalt, dann wurde die Spur blasser und verlor sich in Richtung des Dorfes. Hammerschmidt hupte noch einmal einen Gruß, bevor der Bagger hinter einer Kurve zwischen den Alleebäumen verschwand.
Und nun? Sollte er sich hier in den Straßengraben hocken und auf Britta warten? Winkler war viel zu aufgeregt, Warten war keine Option, aber auch ein Zurück kam nicht in Frage. Die Straße zum Dorf war er heute Morgen schon gegangen, und was hätte Britta jetzt im Dorf tun sollen? Gewiss, die kleine Kirche stand auf ihrer Agenda, Britta war vorbereitet, der Reiseführer hatte die Reste romanischer Fresken und einige bedeutende Epitaphe von Seefahrern und Kapitänswitwen erwähnt und die Schifferkirche als malerisches Kleinod gepriesen, aber bisher hatten sie solche Sehenswürdigkeiten immer gemeinsam besucht. Also beschloss Winkler zum Hafen zu gehen, wenigstens in diese Richtung, aber nur so weit, dass er die Sackgasse noch im Blick hatte, an der nächsten Weggabelung würde er weitersehen. Die Allee-

bäume, alte mächtige Linden, deren Kronen sich berührten und auch über die Straße hinweg ineinander verzahnt und verflochten waren, zeigten wegen des wieder einmal viel zu trockenen Sommers gelbe Sprenkel, trugen aber auch Mitte Oktober noch genügend Laub, so dass er sich in einem natürlichen Tunnel wähnte, über ihm rauschten und raschelten die Blätter im Wind. Die Bäume zwangen ihn, auf der Fahrbahn zu gehen, die hier mit Katzenköpfen gepflastert war, wie ein Karrenweg vertiefte Spurrinnen hatte und zur Mitte hin buckelte, das gibt es also noch, dachte er. Die Bäume waren mit kleinen Metallblättchen ordnungsgemäß nummeriert und also offenbar irgendwo registriert, beim Straßen- und Tiefbauamt oder bei der Umweltbehörde, Winkler fragte sich, ob er nicht kündigen und den Schulleiter um eine Versetzung ins dafür zuständige Fachreferat für Straßenbaumregistratur bitten sollte. Der Mann, der die Bäume zählte, der Titel gefiel ihm. Aus einigen der Stämme waren in Knie- oder Hüfthöhe große Rindenstücke herausgerissen, Schürfwunden, die meist schon vernarbt waren, die Ränder wie wulstige Lippen, nur eine klaffte noch splittrig, Wasser tränte aus dem hell leuchtenden Holz, das Harz war erstarrt, die Tropfen und Knubbel glänzten wie Bernstein. Einer von Brittas Zettelsprüchen fiel ihm ein: *Wie leicht die unverwundbar Scheinenden verletzlich sind.* Oberhalb einer dieser Schrammen war ein Holzkreuz an den Stamm genagelt, darunter ein

Strauß Plastikblumen mit ausgeblichenen, zerfledderten Blüten. Kolonien von Feuerwanzen siedelten dicht gedrängt am Fuß vieler Stämme, darüber klumpten knollenähnliche Auswüchse, aus denen junge Triebe sprießten, die sich zum Feld hin zu grünen Kugeln formten, an der Straßenseite aber verschnitten waren, so dass die von winzigen Knubbeln übersäten Knollen an Morgensterne oder Seeminen erinnerten. Die Assoziationen verwirrten ihn, schon bei ihrer Anreise hatte er angesichts der Rauchfahne eines harmlosen Laubfeuers in einem Garten an einen Granateneinschlag gedacht, obwohl der alte Mann, der neben dem Feuer auf eine Mistgabel gestützt stand, sich nicht gerührt hatte. Oder das Gebüsch, aus denen die Spatzen, eben noch unsichtbar im Laub verborgen, plötzlich auseinanderstoben, wie Erdklumpen bei einer Explosion. Er hatte Britta nichts davon gesagt, hatte nur kurz eine Hand vom Lenkrad genommen und sie auf ihr Knie gelegt. Sie hatte dankbar gelächelt und nicht geahnt, dass der Krieg schon so nah war.

Einen Gehweg gab es an der Straße nicht, nur einen schmalen Seitenstreifen, die Schottersteine waren von Motoröl schwarz bekleckst. Den Fahrzeugen, die ihn gelegentlich überholten, wich Winkler aus, indem er zwischen die Stämme trat, während die Beifahrer ihre Köpfe nach ihm drehten und ihm verwundert oder vorwurfsvoll nachschauten. Einmal, er musste den sich nahenden Wagen überhört haben und wurde erst von einem lauten Ton aufgeschreckt, den er für ein aufgebrachtes Hupen hielt, rettete er sich mit einem Sprung. Unter seinen Füßen knackte ein toter Ast. Er vermutete ein Elektroauto, aber die Straße blieb leer, es war wohl der Ton eines fernen Nebelhorns gewesen oder einer Schiffssirene, tutend wegen irgendwas. Oder gab es in der Nähe einen Rummelplatz? Bis zum Hafen war es nicht weit, seltsam, dass man das Meer noch nicht riechen konnte. Wenn er so zwischen den Bäumen stand, der Straße abgewandt, spürte er den Luftzug der vorbeifahrenden Autos im Rücken, um die Füße wirbelten die welken Blätter, als gehe der Herbst schon zu Ende. Im Straßengraben, wie Treibgut von der Monsterwelle einer Sturmflut angeschwemmt, sah er leere Bierdosen, Papierfetzen, eine verbeulte Radkappe und die roten Splitter eines geborstenen Rückstrahlers, die ausgekämmten Haare eines Hundes, ein paar Federn und da, schlaff an einer Diestel hängend, ein milchigtrübes Kondom. Wenn er nicht zurück auf die Sackgasse starrte, blinzelte er aus dem Schatten des Alleetunnels ins Licht über das schon abgeerntete oder seit längerem brachliegende Feld, das nach Süden hin den Blick freigab auf einen fernen Horizont, der im grellen Dunst über der steppenartigen weiten Ebene nur verschwommen erkennbar war. Auch die Farben waren verwischt, ineinanderfließend, den Übergang zwischen Erde und Himmel verschleiernd, weshalb er für einen Moment dort das Meer vermutet hatte, das aber auf der anderen Straßenseite liegen musste. Es war eine Weite, vor der die Schritte kapitulierten, in Reichweite nur ein einzelner Baum, wie eigens hingestellt, um den Hochsitz zu tragen, dessen Leiter wie ein Schrägstrich in der Landschaft stand. Ganz hinten, längst flügellos, der Rumpf einer Windmühle. Eine Weile verharrte er so und hatte das Gefühl, als habe in dieser diffusen Stimmung auch die Zeit ihr Maß verloren. Der Blick über das öde Feld schien ihn zu beruhigen, und doch hatte er jetzt, vielleicht nur aus alter Gewohnheit, ein Lindenblatt zwischen den Fingern. Er rollte dessen Stiel zwischen Daumen und Zeigefinger hin und her, so dass das Blatt einem Falter ähnlich zu flattern begann. Irgendwann, hatte Britta einmal gespottet, wenn dich das Befühlen und Zerreiben nicht mehr beruhigt, wirst du die Blätter kauen wie ein Rindvieh. Warum eigentlich nicht?

Dann war es Zeit umzukehren, die Sackgasse drohte aus dem Blick zu geraten, also ging er über die Straße, zur Seeseite hin, und wäre dabei fast in ein entgegenkommendes Auto gelaufen. Der Fahrer musste scharf bremsen, die Stoßstange rammte sein Knie, und in dem Augenblick, da Winkler seine Hände auf die Kühlerhaube stützte und die Gesichter der Insassen ruckartig nach vorn schnellten, glaubte er Britta hinter der Frontscheibe zu erkennen. Doch während sich Brittas Gesicht im Zurückweichen sofort in ein fremdes verwandelte, schienen ihm die wilden Gesten des fluchenden Fahrers seltsam vertraut. Die

Autotür wurde aufgestoßen, unten wurde ein Fuß sichtbar, oben schrie es durch den Türspalt: Idiot! Ein besorgter Blick auf die Kühlerhaube, wo keine Delle zu sehen war, ein flüchtiger Blick auf Winkler, der unverletzt schien, dann wurde die Tür wieder zugeknallt. Winklers Herz hämmerte noch, als der Wagen längst verschwunden war.

Einen Moment fühlte er nur Leere und Verlorenheit, er hätte nicht einmal die Marke oder Farbe des Autos nennen können. Da fiel ihm eine Fahrt mit Bergthalers altem uranograuen VW Passat ein. Sie waren zusammen über die Dörfer getingelt, Bergthaler schwor gerade auf die Paleo-Ernährung, sie hatten Nüsse gesammelt und eine Unmenge Äpfel von den damals noch nicht nummerierten Straßenbäumen geholt und aus den Straßengräben Fallobst für Apfelsaft. Es war eine ganz ähnliche Straße, Kopfsteinpflaster und tiefe Spurrinnen, als Taxichauffeur war Bergthaler zwar ein versierter Fahrer, aber er fuhr zu schnell und hatte nicht rechtzeitig bemerkt, dass auf der erhöhten Fahrbahnmitte ein Pflasterstein aus dem Verband ragte, der, vom Auto, das nicht einmal tiefer gelegt, nur eben schwer beladen war, erfasst und herausgerissen, polternd und rumpelnd den Unterboden entlangschrammte und dabei die Benzinleitung demolierte. Bergthaler hatte es erstaunlich gelassen zur Kenntnis genommen, als habe er nichts anderes erwartet, und die Inkontinenz seines Autos dem Staat anlastet, der keine vernünftigen Straßen bauen könne, aber die ganze Welt retten wolle. Die Steinzeit war dann schnell vorbei, und Bergthaler begann eine Eiweiß-Diät. Die Äpfel hat niemand mehr geerntet, im Herbst zermalmten die Autoreifen das Fallobst zu Brei, in dem die Autoreifen keinen Halt mehr fanden, weswegen die Apfelbäume irgendwann abgeholzt wurden, und die Alleen, dachte Winkler im Schatten der Allee, wurden verbreitert und zu baumlosen Umgehungsstraßen und Umgehungszufahrtstraßen ausgebaut, damit man die aussterbenden Dörfer schnell links liegenlassen konnte, wodurch dann auch die letzten Gasthöfe schlossen.

Wieder an der Kreuzung, hatte sich in seine Unruhe noch Wut gemischt. Winkler versuchte sie zu zügeln, obwohl er fand, er habe allen Grund dazu. Britta war noch immer nicht zurück, und er wollte endlich wieder ans Meer. Er kaute auf einem Blatt Sauerampfer, und tatsächlich ließ die Wut nach. Doch je mehr die Wut nachließ, desto größer wurde seine Angst. Was, wenn er Britta verlieren würde? Vielleicht hatte Beate Britta zu einer Trennung geraten und sich mit einem Anruf über den aktuellen Stand informieren wollen. Der Wind hatte die Staubwolke längst verblasen, nur die Pflanzen am Straßenrand waren noch bestäubt, am Ende der Sackgasse lag das *Seeparadies*, nicht weit entfernt, aber als er jetzt darauf zuging, war es wie in einem Traum, er schien ihm nicht näherzukommen, auch wenn er einen der weißen Leitpfosten nach dem anderen passierte, der Abstand blieb konstant, so dass ihm auch die plötzlich in einiger Entfernung vor ihm tief geduckt am Straßenrand lauernde und zum Sprung bereite schwarze Katze wie eine Traumgestalt erschien. Gleich würde sie die Straße überqueren, von links nach rechts, was ihn, obwohl er nicht abergläubisch war, doch einen Moment zögern ließ. Auch die Katze zögerte, sie schaute ihn an und lief dann, als er sich ihr näherte, doch nicht von links nach rechts über die Straße, sie zog sich auch nicht in den Straßengraben zurück, floh nicht in schnellen Sprüngen über das Stoppelfeld, die Katze war ein Dachs und der Dachs war tot. Deine Augen sind auch nicht mehr das, was sie früher mal waren, dachte Winkler und wusste, dass er solche Sätze nun öfter denken würde. Zum Schrecken kam die Verwunderung, merkwürdig, dass ihm der Kadaver am Morgen nicht aufgefallen war. Hammerschmidt muss das Tier mit seinem Bagger überfahren haben, dachte er sofort, aber der tote Körper war schon so ausgetrocknet, dass nicht einmal mehr Fliegen ihn umschwirrten. Der Luftzug des schweren Fahrzeugs musste die mit einem struppigen Fell bespannten Knochen noch einmal aufgebäumt haben, dem schwarz-weiß gestreiften Schädel fehlten die Augen, doch er glotzte umso unverschämter, aus dem schiefen Maul fletschten die spitzen Zähne, als wolle das Tier sogleich zu einem Gegenangriff übergehen. Bergthaler hätte jetzt sicher ein Foto gemacht. Winkler wollte das steife Luder mit dem Fuß in den

Graben schieben, schreckte aber vor einer Berührung des leblosen Körpers zurück, vielleicht aus Angst, das fragile Gebilde könnte unter dem Tritt zerfallen. Oder fürchtete er, die Berührung des toten Tieres könnte ihn dem eigenen Tod näherbringen? Aber war er dem Tod nicht vor ein paar Minuten schon ganz nah gewesen? Mit einem Schülerlotsen, dachte er, wäre das nicht passiert.

Es kam oft vor, dass Winkler Ereignisse oder Situationen weiterspann, nein, nicht nur weiterspann, er konnte sie wirklich vor sich sehen und bewegte sich in den erdachten Bildern. Es war nicht einmal ein Erlebnis nötig, es genügte ein Gedanke. Er wusste nicht, wie er es nennen sollte, war es ein Talent, ein Fluch oder eine bloße Marotte? Selbst wenn es in der Wirklichkeit dann anders kam, gab er den Glauben an eine besondere Gabe nicht auf. Manchmal, wenn er abends im Bett lag, sah er sich am nächsten Morgen vor die Klasse treten, und während er sich in Gedanken die Wörter vorsagte, die er dann sprechen würde, sah er die Gesten, die er dabei machen, die Reaktionen, die er auslösen und wie er darauf reagieren würde. Mag sein, dass seine Erfahrungen eine Rolle spielten, eine gewisse Routine ihm die Vorstellung erleichterte, aber auch bei für ihn neuen, ungeübten Situationen gelang ihm diese Voraussicht nahezu mühelos. Als er noch an den Hausbau glaubte, hatte er eine Zeit lang Lotto gespielt und wusste genau, wie er im Falle eines großen Gewinnes reagieren würde, er hatte es nicht nur in Gedanken durchgespielt, er hatte alles wirklich vor Augen gehabt. Merkwürdigerweise war er, wenn das vorausgesehene Ereignis nicht eintrat, nicht enttäuscht, allenfalls ein wenig gekränkt, weil sich die Wirklichkeit seinen Ahnungen nicht fügen wollte, doch es blieb ihm der Trost, alles gewissermaßen schon erlebt zu haben. Meist aber waren es harmlose Missgeschicke und kleine Katastrophen, ein Geldautomat, der die eingesteckte Karte nicht wieder freigab, ein Fahrkartenautomat, der das angegebene Ziel nicht kannte. Du und deine Phantasie, sagte Britta, wenn er ihr davon erzählte, er war nicht sicher, ob das anerkennend oder vorwurfsvoll gemeint war. Mit der Zeit waren diese Ahnungen immer düsterer geworden, vielleicht lag es an Brittas Schwarzseherei, jedenfalls befürchtete er nun öfter das Schlimmste und malte es sich in allen Farben aus. Schon nach dem Fund des toten Dachses war er schneller gegangen, dann, in der Nähe des *Seeparadieses* beschleunigte er seine Schritte noch einmal, weil er sich vorstellte, wie Britta in diesem Moment ins leere Zimmer trat und nach ihm suchte. Er sah, wie sie, noch bevor sie in alle Räume schaute, eines der Fenster weit aufriss, sah, wie sie den Pullover, den sie um die Hüfte geschlungen hatte, löste und auf die Couch warf und dann, als sei es noch die gleiche Bewegung, eines seiner Hemden vom Stuhl nahm und zum Schrank trug, auf einen Bügel hängte und glattstrich, sah, wie sie eine Weile den um die Lampe an der Zimmerdecke kreisenden Fliegen zusah und sich fragte, warum die Fliegen, denen das ganze Zimmer zur Verfügung stand, ausgerechnet um die Lampe kreisten, auch wenn das Licht nicht brannte, sah sie dann zum Tisch gehen, wie nebenbei nach ihrem Handy greifen und seine Nummer wählen. Und nahm es dann gelassen hin, dass sein Handy nicht klingelte und auch später, als er selbst das Zimmer betrat, war er nicht enttäuscht, es leer vorzufinden, freute sich sogar, dass sein Hemd noch immer zerknittert auf dem Stuhl lag. Unruhig wurde er erst wieder, als er bemerkte, dass seine Armbanduhr stehengeblieben war. Schon wieder die Batterie. Er hätte auf sein Handy schauen können, aber das fiel ihm nicht ein, vielleicht weil er sich auch im Unterricht den Blick auf das Handy vor seinen Schülern versagte. Überhaupt hatten die Schulstunden sein Zeitgefühl geprägt, Wartezeiten oder die Dauer unangenehmer Pflichten rechnete er in Dreiviertelstunden um, als könnte das vertraute Maß sie erträglicher machen. Jetzt aber war das Ende der Wartezeit offen und jeder Trick nutzlos. Vielleicht hätte es im Frühstücksraum eine aktuelle Zeitung gegeben oder eine Illustrierte mit Kreuzworträtsel, aber er hatte keine Lust hinüberzugehen, er fürchtete, der Petersen in die Arme zu laufen und von ihr nach Britta befragt zu werden. Bestimmt konnte man sich an einem Ort wie dem *Seeparadies*, an dem man als Paar aufgetaucht und eingeführt war, nicht allein sehen lassen, ohne Aufsehen und Neugier zu erregen. Auch dieser Schramm hatte sich heute Morgen am Strand sofort mit dem Hinweis auf seine noch schlafende Frau für sein Alleinsein gerechtfertigt. Umgekehrt, dachte er, wäre es sicher genauso, auch ein allein angereister Mann, der plötzlich eine Frau an seiner Seite hätte, würde Aufsehen und Neugier erregen, nur kämen dann noch Argwohn und Neid dazu. Winkler griff nach dem neuen Buch, das er in den Tagen am Meer unbedingt hatte lesen wollen, aber auch dieser Griff war nicht mehr als eine Fingerübung, eine mechanische Floskel, um etwas in der Hand zu haben, er wusste es und versuchte doch ein paar Seiten zu lesen, blätterte zwei, drei Mal eine Seite um, er konnte jetzt nicht lesen, trug das Buch, den Zeigefinder als Lesezeichen zwischen die Seiten geklemmt, hin und her, senkte schließlich seinen Kopf über die aufgeschlagenen Seiten, um das Buch wenigstens zu riechen. Brittas Pullover lag tatsächlich auf der Couch, er nahm ihn, roch auch daran, rieb seine Wangen an dem flauschigen Material, faltete ihn dann zusammen und legte ihn in den Schrank, fand das aber ein paar Minuten später albern, nahm ihn wieder heraus und versuchte ihn so auf der Couch zu drapieren, wie er glaubte, ihn vorgefunden zu haben.

Ungeduld war eine von Winklers Schwächen, das Warten fiel ihm seit jeher schwer. Da er vermutete, auch anderen falle das Warten schwer, erschien er zu Terminen meist viel zu früh, was sein eigenes Leiden verlängerte. Bewegung konnte das Leiden verringern, war aber nicht immer möglich. Manchmal half ihm ein Buch, aber bei Versammlungen, Konferenzen oder Elternabenden, die sich in die Länge zogen und die ihm allesamt und mit jedem Jahr mehr ein Graus waren, fühlte er sich ausgeliefert. Während er um einen konzentrierten Gesichtsausdruck bemüht war, irrten seine Gedanken umher und suchten einen Ausgang. Gehen, du solltest gehen, dich einfach verdrücken, dachte er manchmal, wenn längst alles gesagt war, aber noch nicht von jedem, wenn wieder ein Redner seinem Vorredner beipflichtete und dann doch dessen Argumente leicht abgewandelt und mit einigen intellektuellen Angebereien aufgemotzt wiederholte, und, während ihn eine quälende Müdigkeit überkam, ein Wichtigtuer, den es in jeder Runde gab, seinen Vorrednern in einer Mischung aus Redezwang und Geltungssucht wortreich dankte, um dann noch einmal den kalten Kaffee aufzubrühen und so weiter, immer so weiter. Lieber doch eine Diskussion mit Bergthaler, dachte er und hörte in Gedanken den Spott, mit dem Bergthaler alles überzog und lächerlich machte, einen Spott, der Winkler kränkte, aber plötzlich in ein Witzeln und Blödeln umschlagen konnte, das beide als befreiend empfanden. Immer noch war er manchmal versucht, ihn anzurufen oder ihm zu schreiben, aber dann war der Stolz doch stärker, sollte Bergthaler doch ihn anrufen. Bergthaler hatte Winklers Lust am Widerspruch stets belebt, auch wenn er den selten aussprach, höchstens gelegentlich Sätze sagte, die das Gegenteil seiner eigenen Meinung behaupteten, aber er hatte sich dabei gespürt, seine Kollegen dagegen ermüdeten ihn nur. Der Trägheit im Kopf hielt er, wann immer es möglich war, die Bewegung der Beine entgegen. Selbst im Unterricht ging er meist vor der Tafel hin und her, auch wenn eine Klausur geschrieben wurde, hielt es ihn selten auf seinem Stuhl am Lehrertisch, äußerlich gelassen und doch aufmerksam schlenderte er durch die Reihen, den Schülern galt er deshalb als Kontrollfreak, dabei war es ihm ziemlich gleichgültig, ob sie voneinander oder von einem sorgsam präparierten Zettel abschrieben, nur wenn sie sich allzu dreist oder ungeschickt anstellten, griff er ein, aber auch dann meist nur mit einer halbernsten Ermahnung, der kaum Konsequenzen folgten. Die Schüler wussten mit diesem Gegensatz zwischen vermeintlicher Strenge und offensichtlicher Laxheit wenig anzufangen, ihr Triumph, ihn ein ums andere Mal überlistet zu haben, blieb Winkler nicht verborgen, doch er lief ins Leere, er ertrug ihn mit der Überlegenheit des Alters und dem beruhigenden Wissen, in seinem Leben keine Klausuren mehr schreiben zu müssen, höchstens manchmal in einem Traum. Es ist schön, dem Schülerdasein entkommen zu sein, dachte er an solchen Tagen. Winkler war kein schlechter Lehrer, davon war er überzeugt, trotzdem gab es zuweilen diese Träume, in denen er vor der Klasse stand und nicht weiterwusste, vor ihm nur eine Wand aus Schweigen und Ablehnung, eine Wand aus zwei Dutzend hasserfüllten Gesichtern. Die Angst des Lehrers vorm Diktat, dachte er dann und wischte sich den Schweiß von der Stirn.

Die Ferienwohnung war klein, ein paar Schritte in jede Richtung, mehr war nicht drin. Von der Couch zum Fenster, vom Fenster zur Tür, von der Tür durch die andere Tür zum Bett, vom Bett zum Fernseher und so weiter und wieder von vorn, im Zickzack wie die Fliegen unter der Lampe. Auch Winkler wusste nicht, warum die Fliegen immer in der Nähe der Lampe blieben. Über dem Bett hing ein gerahmtes Plakat, das hinter Glas ein himmelblaues Meer unter meerblauem Himmel zeigte, am Strand standen üppig wuchernde Palmen. Ihre Stämme waren schief wie jene der Windflüchter, neigten sich aber in die falsche Richtung. Hinter dem Esstisch hat eine Stuhllehne einen dunklen Fleck an die Wand gescheuert. Er hörte dem Brummen des Kühlschrankes zu, von irgendwoher roch es nach fauligem Blumenwasser. Seine Finger trommelten gegen den kalten Heizkörper, strichen über die Sofalehne, entfernten ein Haar aus dem Waschbecken, kratzten einen Fliegenschiss vom Spiegel. Statt des dunklen Fliegenschisses hatte das Glas jetzt eine helle Schliere. Er stieß mit dem Schienbein gegen die Bettkante. Plötzlich hatte Winkler das Gefühl, als ginge das schon sein ganzes Leben so, er wartete und wusste nicht worauf. Und jetzt? Sollte er das Auto wieder auf seinen angestammten Parkplatz zurückfahren? Vielleicht auch gleich den Ölstand kontrollieren? Oder Scheibenreiniger nachfüllen? Als er nach dem Auto sehen wollte, versperrte ihm der im Hof parkende Kleintransporter einer Wäscherei die Sicht. Ein Mann warf Wäschesäcke auf die Ladefläche. Das Fenster, dachte er, könnte auch mal wieder eine Reinigung vertragen. Bergthaler, fiel ihm ein, hatte sich vor der Zeit als Taxifahrer sein Geld als Fensterputzer verdient. Er hatte das nicht als erniedrigend empfunden, jedenfalls ließ er sich nichts anmerken. Wenn ihn jemand nach seinem Beruf fragte, antwortete er mit trotzigem Stolz, aber das war noch die Zeit, da die meisten wussten, dass solche Tätigkeiten Unangepassten und politisch missliebig Gewordenen nicht nur ein bescheidenes Einkommen sicherten, sondern sie auch vor dem strafrechtlich relevanten Vorwurf der Asozialität schützten. Erst später verriet das bittere Lächeln, mit dem er der Antwort auswich, eine gewisse Verzagtheit. Bergthaler hatte wahrscheinlich auch nicht gewusst, worauf er warten sollte, aber er wartete geduldig. Die Freiheit, die ihm seine unkonventionelle Beschäftigung bescherte, nutzte er vor allem für Ruhe und Müßiggang, kein Wunder, dachte Winkler, als er gerade am Bett kehrtmachte und zurück zum Fenster ging, dass einer da zum Hypochonder wird und ständig neue Diäten ausprobiert. Zumal er Schulmediziner und die Pharmaindustrie als Mitwirkende jenes Komplottes sah, das gegen ihn und den selbstständig denkenden Teil der Menschheit von wem auch immer geschmiedet wurde. Hatten sie nicht gerade erst aus einem Virus einen Elefanten gemacht?

Bergthalers Gelassenheit hatte sich mit der Zeit zum Phlegma gesteigert, seine Trägheit, die Winkler an Gontscharows Oblomow erinnerte, verhinderte, dass er nach seiner Rehabilitierung sein Studium wieder aufnahm. Er war damals gerade dreißig und wartete auf eine erlösende Idee, mit welcher Tätigkeit ohne Ausbildung und mit möglichst wenig Arbeit möglichst viel Geld zu verdienen sei. Im Land herrschte damals Goldgräberstimmung, Bergthaler war lange genug mit dem Taxi unterwegs gewesen, warum sollte er es nun nicht zum Beispiel als Immobilienkaufmann versuchen? Vielleicht auch Paartherapeut mit ein paar gescheiterten Beziehungen als Qualifikation. Oder, besser noch, ganz einfach einen Bestseller schreiben! Darüber schreibe ich ein Buch, rief er immer wieder begeistert und ließ es dann doch. Oder in die Politik gehen. Letzteres hatte er nie ernsthaft erwogen, nur immer wieder dahingesagt, zum Beweis, dass es möglich war, ohne Ausbildung und mit möglichst wenig Arbeit möglichst viel Geld zu verdienen. Als Akquisiteur fürs Wartezimmer-TV war ihm das aber nicht gelungen, immerhin war davon ein bisschen medizinisches Halbwissen zurückgeblieben, mit dem er gerne protzte. Winkler hatte ihm zugehört, mal genervt, dann zunehmend teilnahmslos, manchmal peinlich berührt und aus den Augenwinkeln die Nachbartische in der Kneipe fixierend, ob jemand zuhörte, aber nie, dachte Winkler, bin ich aufgestanden, nie bin ich gegangen. Und als er dann wieder aus dem Fenster schaute, der Kleintransporter der Wäscherei war inzwischen weggefahren, sah er Frau Petersen, die sehr schnell über den Hof ging, eine Hand ans Ohr gepresst, als sei sie vor dem Lärm ihrer eigenen Musik auf der Flucht, sie sprach unentwegt mit sich selbst, oder nein, sie telefonierte, sicher nicht mit Gott, wahrscheinlich mit dem Architekten oder dem Technischen Hilfswerk, und schaute dann doch hilfesuchend zum Himmel, wo aber inzwischen dunkle Wolken aufgezogen waren. Das zieht vorbei, dachte Winkler, trotzdem oder gerade deshalb, er würde nicht länger warten können, er musste jetzt einfach losgehen, egal wohin. In diesem Moment hörte er, wie jemand den Schlüssel ins Schloss der Wohnungstür schob, die Tür öffnete sich indes nur einen Spalt, und jemand streifte mit den Schuhen mehrere Male über den Fußabtreter. Winkler fragte sich genervt, was Frau Petersen jetzt schon wieder von ihm wollte.

5

Aber dann war es doch Britta. Endlich, dachte Winkler und war erleichtert, er wollte sie in den Arm nehmen, hatte aber zu lange auf sie warten müssen, um ihr seine Freude sofort zeigen zu können. Er fragte nicht, wo sie gewesen sei, schaute nur demonstrativ auf seine Uhr, es war eine Geste des Vorwurfs, den er, als ihm das bewusst wurde, sofort zu entkräften suchte, indem er auf die stehengebliebenen Zeiger verwies: Wie spät ist es eigentlich? Als Antwort gab sie ihm einen Kuss. Auch sein Hinweis, jemand habe versucht, sie telefonisch zu erreichen, war jetzt mehr eine Bemäntelung des Tadels, dass sie ihr Handy nicht mitgenommen hatte. Britta nahm das Gerät und schaute nach der Nummer. Ihr Gesicht blieb regungslos, kein Zeichen von Unruhe oder Enttäuschung. Wichtig?, fragte er, sie zuckte mit den Schultern. Die Schramms sind mit dem Rad zum Leuchtturm gefahren, Frau Schramm hält ihn für einen Kraftort, du hättest sie sehen sollen, ein Paar behelmter Kanarienvögel, sagte er lachend, doch sie schien sich weder für die Schramms und deren Aufzug, noch für den Leuchtturm zu interessieren. Sie war beleidigt, dabei hatte er allen Grund dazu. Winkler wusste, dass das nun so weitergehen würde, sie würde schmollen und er versuchen, sie mit den richtigen Worten aufzuheitern. Aber vielleicht waren Worte jetzt auch das Falsche. Es war mit den Jahren ein Spiel geworden, er kannte die Regeln und akzeptierte sie, ja es schien fast, als habe er mit der Zeit Gefallen an seiner Rolle gefunden. Auch das Ende des Spiels stand fest, irgendwann würde Brittas Trotz in Komik umschlagen. Also dann, sagte er und packte zusammen, was für einen Ausflug nötig war. Britta würde noch ein paar Minuten brauchen, er kannte auch das. Für einen Kaffee war jetzt allemal noch Zeit.

Während er mit der Kaffeetasse auf der Raucherinsel stand, kam die junge Frau, von der Winkler nicht wusste, ob sie die Küchenhilfe oder die Tochter der Chefin war, obwohl in seinen Augen einiges für die Tochter sprach, ein harter Zug um den Mund etwa, vor allem aber der stolze Gang. Sie stellte sich neben ihn, löste mit einer schnellen Bewegung das am Hinterkopf zusammengebundene Haar und ließ es über ihre Schultern gleiten, eine Art Feierabendgeste, und obwohl sie ihn dabei nicht beachtete, bildete Winkler sich ein, dass sie das für ihn tat. Unwillkürlich fuhr er sich durchs schon etwas schüttere Haar. Die Art, wie sie mit der Zunge über das Papierblättchen ihrer Selbstgedrehten fuhr und es vorsichtig andrückte, fand er erotisch. Erst nachdem sie die Zigarette angezündet hatte, nickte sie ihm zu, mit jenem Anflug von Vertraulichkeit, wie es Leute eben tun, die sich eines kleinsten gemeinsamen Nenners sicher sein können, Hundebesitzer etwa, Motorradfahrer oder eben Raucher. Diese Gemeinsamkeit aber wurde gleich auf die

Probe gestellt, als Winkler den Geruch ihrer Zigarette wahrnahm. Er wusste sofort Bescheid, der süßlich-rauchige Geruch war unverkennbar, durch die Straßen seines Wohnviertels waberte er jeden Abend, wehte bei entsprechender Windrichtung manchmal sogar über die Mauer auf den Schulhof und kam dann von der nebenan liegenden städtischen Grünanlage, wo sich einige Schüler der oberen Klassen bei einem Joint vom Unterricht erholten und auch er nach Elternabenden oder Konferenzen gern noch allein eine Zigarette rauchte. Die Frau hier mochte kaum älter sein als die Abiturienten, ihre Hände waren gerötet und leicht geschwollen, vielleicht war der Geschirrspüler defekt. Am besten den Geruch ignorieren, nur nicht zu väterlich wirken oder gar lehrerhaft. Manchmal, wenn er etwas erklärte, fing Britta an zu lachen und fand, er kehre mal wieder den Oberlehrer heraus. Etwas Witziges wäre gut, dachte er, und fragte, ob sie gerade Semesterferien habe, bereute die Frage aber sofort, weil die mögliche Antwort sie kompromittieren könnte, vielleicht war sie ja doch die Küchenhilfe. Er verachtete den Dünkel von Leuten, die nie fragten, welchen Beruf der Sohn oder die Tochter ausübten, immer nur, was der Sohn oder die Tochter studiert haben. Man verdient hier sicher gut, hörte er sich sagen, witzig war das nicht. Sie ließ sich mit der Antwort Zeit, blies genüsslich den Qualm zwischen den Lippen hervor und schaute lange mit zusammengekniffenen Augen zu, wie er sich in der Luft auflöste, während er auf ihren Ellenbogen starrte, der das Zentrum einer tätowierten Spinnwebe bildete, deren Fäden strahlenförmig auseinanderstrebten und ein Stück des Arms mit einem Netz überzogen. Er fragte sich, ob es ihm gelingen könnte, eine tätowierte Spinnwebe auf einem Frauenellenbogen schön zu finden, noch mehr interessierte ihn aber, an welcher Stelle ihres Körpers die Spinne saß. Du sitzt in der Falle, dachte er, als sie mit einem gekonnten Aufschlag die Lider hob und ihm ihr Gesicht zuwandte. Am Nasenflügel blitzte ein winziges Piercing auf. Weder noch, sagte sie und lächelte, herausfordernd und spöttisch zugleich, ich laure alleinreisenden Männern auf, vielleicht ist ja eine gute Partie dabei. Ich warte auf meine Frau, sagte Winkler viel zu rasch, als gäbe es da etwas klarzustellen. Ich weiß, sagte sie und fügte dann, weil Winkler sie erstaunt ansah oder auch sie eine Klarstellung für nötig hielt, hinzu, sie räume nicht nur die Tische ab, sondern arbeite gelegentlich auch an der Rezeption, das Einwohnermeldeamt des Seeparadieses wisse Bescheid: Herr Winkler reist in Begleitung seiner Gattin. Es klang so förmlich und antiquiert wie der Eintrag ins Kurregister aus der Zeit der Sommerfrische. Sollte er ihr seinen Vornamen nennen? Sie nach ihrem Namen fragen? Wozu eigentlich? Er ließ es, wohl auch, weil der Anblick ihrer Brust ihn ablenkte, die sich jetzt, da die Frau sich ein wenig reckte und verdrehte, vielleicht um eine Verspannung des Rückens oder der Schultern zu lösen, ein wenig hob, und sie einen Moment dastand, als hefte ihr gleich jemand einen Verdienstorden erster Klasse an die Bluse, wo sich bei jedem Atemzug aber schon ein kleiner Pin mit der Regenbogenflagge auf und ab bewegte. Er zwang sich, nicht an die Brust zu denken, gleich würde Britta ihm zur Hilfe kommen, doch Britta kam nicht, zum Glück fiel ihm ein, dass solche Fahnen mit der Aufschrift *Pace* vor Jahren eine Zeit lang in Mode gewesen waren, auch sein Sohn, er dürfte damals noch keine siebzehn gewesen sein, wollte seine edle Gesinnung unbedingt mit einem aufgezogenen Regenbogen öffentlich machen, aber da die meisten Schüler das wollten, waren die entsprechenden Flaggen überall ausverkauft. Und wieder war es Jürgen, der doch noch eine auftrieb, die der Sohn dann auf der Straße stolz um die Schulter geschlungen trug oder die sich nachts, zu voller Breite entfaltet, an der Wand über seinem Bett spannte. Winkler erinnerte sich an den seidigen Glanz des bunten Polyesterstoffes, ein Glanz, der auch von der hellen Bluse der jungen Frau strahlte, der er sogar noch gefährlich näherkommen würde, sollte er jetzt seine Zigarette an ihr vorbei mit ausgestrecktem Arm in dem neben ihr stehenden Aschenbecher ausdrücken, also verbarg er den Stummel lieber in der hohlen Hand, wusste dann aber nicht wohin mit seiner Hand. Noch mehr als der Anblick der Brust verwirrte ihn jetzt der Gedanke, dass er

sich an den Anlass des allgemeinen Fahnenschwingens nicht mehr erinnern konnte, er wusste nicht mehr, gegen welchen Krieg damals gerade protestiert wurde, aber wahrscheinlich meinte der Regenbogen jetzt ohnehin etwas anderes, etwas, für das Bergthaler sicher nur Häme und Spott übrighaben würde. Er sah auf die Uhr, die immer noch stillstand, trotzdem müsste Britta nun endlich kommen, dachte er, wobei es ihm zugleich unangenehm gewesen wäre, würde sie sich gerade jetzt, was ihr durchaus zuzutrauen war, mit einer tätschelnden Liebkosung seiner Wange für ihre Verspätung entschuldigen. In diesem Moment hörten sie Frau Petersen im Haus laut und energisch nach jemandem rufen, nein, sie rief nicht nach jemandem, sie rief nach Britta, woraufhin beide aufhorchten, er mit Verwunderung, die junge Frau aber verdrehte ihre Augen und stieß einen tiefen Seufzer aus, weil der Ruf offenbar ihr galt. Sie fand jedoch ihr Lächeln gleich wieder, Zufälle gibt's, sagte sie verschmitzt und nahm dem verdutzten Winkler die Kaffeetasse aus der Hand, während zugleich ein leicht genervt klingendes Ich-komme-ja-schon von der anderen Seite des Hofes herüberklang, wo Britta gerade aus der Tür getreten war und mit dem Reiseführer winkte.
Los komm, gehen wir, sagte Britta, gehen wir endlich. Wohin?, fragte Winkler. Britta wollte zum Hafen, also gingen sie Richtung Hafen. Sie hatte sich umgezogen, mehrmals, wie er vermutete, jetzt trug

sie den Pullover, den sie schon am Morgen herausgelegt hatte. Der Pullover stand ihr gut. Er überlegte, ob die Stelle, mit der er, als der Pullover auf der Couch lag, seine Wange gerieben hatte, jene Stelle gewesen war, unter der sich jetzt Brittas Brust verbarg. Der Gedanke, dass es zwei Brittas gab, erschreckte und amüsierte ihn zugleich. Eine seiner ersten Freundinnen, fiel ihm ein, hatte an einer ihrer Meinung nach zu großen Brust gelitten und wollte nicht, dass er ihre Brust berührte, wenn sie miteinander schliefen, weil sie glaubte, das Drücken der Brust würde diese noch weiter vergrößern. Eine Weile versuchte er vergeblich, sich an den Namen der früheren Freundin zu erinnern. Weißt Du, dass die Kellnerin auch Britta heißt?, fragte er. Ach, machte Britta und war erstaunt. Schon als Kind habe sie ihren Namen nicht gemocht, sagte sie, und wunderte sich, dass es offenbar noch andere Eltern gab, die ihrem Kind einen solchen Namen zumuteten, Britta, das klinge doch wie der Titel einer Frauenzeitschrift oder ein Markenname für Slipeinlagen. Na ja, machte Winkler. Ein paar Meter gingen sie schweigend, kein Wort über den gestrigen Streit, kein Wort darüber, wo Britta nach dem Frühstück gewesen war. Stattdessen fragte er, wie es Beate gehe. Britta sagte, sie habe seit Tagen nicht mit ihr gesprochen, wahrscheinlich gehe es ihr gut. Warum fragst du? Nur so. Er bemerkte die Kippe in seiner hohlen Hand und schob sie in die Gesäßtasche seiner Hose. Die schwarze Katze lauerte noch immer am Straßenrand und war noch immer ein toter Dachs. Schau nicht hin, sagte er, aber natürlich schaute sie hin. Sie hatte das tote Tier, als zunächst nur seine Silhouette sichtbar war, wohl für einen Gegenstand gehalten, ein verlorenes Stück Auspuff vielleicht oder einen weggeworfenen Müllsack, und wich nun erschrocken zurück. Ich habe dich gewarnt, sagte er und glaubte, sie beruhigen zu müssen, was unnötig war, im Gegenteil, sie beugte sich nach dem ersten Schreck über den Kadaver und betrachtete ihn interessiert, sie hob einen Stock auf und versuchte ihn damit zu wenden, beugte sich sogar hinunter, als wolle sie ihm in die Augen sehen, und sagte dann mit gespieltem Ernst einen Satz, den er heute schon so ähnlich gehört zu haben glaubte: Überfahren würde ich sagen, Genaueres nach der Obduktion. Er wunderte sich, dass ihr der tote Dachs nicht schon vorhin bei ihrer Rückkehr aufgefallen war, aber er sagte nichts. Dann richtete er ihr die Grüße ihres Sohnes aus. Sie fragte, warum er ihn angerufen habe. Nur so, sagte er. Nur so?, echote sie. Er habe wissen wollen, wie es ihm gehe, es gehe ihm gut. Und deshalb rufe er so früh am Morgen an? So früh sei es nicht gewesen, sagte er. Sie fand es früh und überhaupt, er rufe ihn doch sonst auch nicht nur so an. Sie glaubte, er müsse bestimmte Vermutungen gehabt haben, Befürchtungen, die er ihr verschwiegen habe und die ihn zu dem frühen Anruf veranlasst hätten. Nein, beharrte Winkler, dem

Sohn gehe es gut, er hätte gern mit ihr gesprochen, sei aber zu beschäftigt gewesen wie immer. Ob er zu Weihnachten komme? Danach hatte er nicht gefragt, außerdem sei sie ja nicht dagewesen. Ich?, entgegnete sie entrüstet, er sei doch beim Frühstück nicht dagewesen, sie schon. Wie die mich alle angestarrt haben, rief sie. Sie habe danach hinter dem Haus gesessen, habe gelesen und auf ihn gewartet. Sein Erstaunen war nicht gespielt. Hinter dem Haus? Wo sonst, sagte sie. Obwohl es ihn interessierte, fragte er nicht, was sie gelesen hatte, weil er den Eindruck vermeiden wollte, er würde sie kontrollieren. Ob sie denn der Baulärm nicht gestörte habe, fragte er dann, und es klang nun doch, als wollte er ihre Angaben überprüfen. Im Hotel an der Promenade, sagte sie, wäre es sicher ruhiger gewesen. Es ist vorbei, sagte er, aus und vorbei, jedenfalls vorerst, aber nachdem er ihr von dem Findling und dem verhinderten Baubeginn erzählte hatte, hörte Britta schon die Presslufthämmer lärmen und fürchtete Schwaden von Baustaub, die sich über den Hof wälzten. Wenn der Stein wirklich so groß sei, wie er behauptete, orakelte sie, müsse vielleicht sogar gesprengt werden. Stell dir vor, wir werden evakuiert. Das, sagte Winkler, wolle er sich lieber nicht vorstellen.

Bis zur Kreuzung liefen sie schweigend nebeneinander, mussten dann aber, als sie auf die Allee kamen, hintereinander gehen, denn der Verkehr war inzwischen stärker geworden, Auto um Auto flutschte an ihnen vorbei, es war laut, auch der Wind war wieder aufgefrischt, das Rauschen der Bäume hüllte sie ein, und Winkler, der voranschritt, hatte Mühe, sich verständlich zu machen, selbst wenn er sich nach Britta umdrehte und über die Schulter zu ihr sprach. Wie er jetzt auf die Türken komme?, fragte sie, nachdem er gesagt hatte, heute Morgen habe er immer wieder an Jürgen denken müssen. Sie war verärgert, die Türken, das war für sie in letzter Zeit ein heikles Thema. Auf ihrer Arbeitsstelle beim Jugendamt hatte es Probleme gegeben. Eine Gang von Minderjährigen, überwiegend hier geborene Türken, aber auch einige Flüchtlinge aus Afghanistan, sorgte im Viertel mit kleinen Diebstählen, bescheidenem Drogenhandel und Mobbing in der Schule für Unruhe. Britta hatte einige der Familien aufgesucht, einer der Väter hatte sich dabei geweigert, ihr die Hand zu geben und sie auch sonst sehr abschätzig behandelt, sie war gekränkt und wollte das nicht auf sich sitzen lassen, wusste aber nicht, wie sie sich in Zukunft verhalten sollte. Winkler wusste es auch nicht, obwohl Britta meinte, er müsse es doch wissen. Sie verstand nicht, dass er zunehmend mit Herablassung von seinem Beruf sprach, und war noch immer der Ansicht, die Schule könne auf das Leben vorbereiten, Winkler aber wusste längst, dass das Leben unberechenbar war. Gestern hatte er eine Familie vor dem Supermarkt beobachtet. Ein kleiner Junge, er mochte kaum älter als ein Jahr sein, hatte seine etwa vierjährige Schwester, die gerade an einem Eis leckte, bedrängt und war von der Mutter weggezogen worden. Lass ihn nur, hatte das Mädchen gesagt, der will doch von mir nur lernen, wie das Leben funktioniert. Das, dachte Winkler, hätte er auch gern gelernt. Warum gab es dafür keine Beratungsstelle? Sie solle sich nicht so stressen, hatte er Britta geraten, das sei die Sache nicht wert. Ihr ging es ums Prinzip. *Prinzipen haben die, die sonst nichts haben.* Winkler wusste nicht, ob der Satz auf einem von Brittas Zetteln gestanden oder ob er ihn irgendwo gelesen hatte. Der Satz schien ihm unpassend, und er schwieg. Prinzip hin oder her, sie hatte ihn gebeten, wenigstens während der Reise nicht damit belästigt zu werden. Jürgen, rief Winkler, nicht Türken, ich spreche von Jürgen Bergthaler, ich habe heute Morgen an ihn gedacht, und seitdem sind diese Gedanken wie ein Ohrwurm, ich werde sie einfach nicht los. Britta deutete auf ihre Ohren, zuckte mit den Schultern, sie hatte nichts verstanden. Und Winkler dachte wieder an Jürgen, der im Dorf auf der anderen Seite der Autobahn wohnte, die das Dorf zerschnitt, aber nicht teilte, weil in ihrer Kindheit so wenige Autos unterwegs waren, dass sie den Umweg durch die Unterführung vermeiden und die Autobahn ohne Gefahr zu Fuß überqueren konnten. Auf dem mit jungen Birken bestandenen Mittelstreifen hatten sie sogar nach Pilzen gesucht, die dort noch größer, schöner und zahlreicher wuchsen als in der ehemaligen Sandgrube, durch die ihr Schulweg führte. Unmittelbar neben der Autobahn befand sich damals das Geschäft von Herrn Lange, Geschäft war nicht das richtige Wort, es war eher eine Fabrikhalle mit einem Sheddach aus getöntem Glas, allerdings so niedrig, dass man darunter ein Zwergenreich vermuten konnte. Tatsächlich war die Halle zur Hälfte im Boden versenkt, eine schmale Treppe führte zwischen feuchten, bemoosten Wänden in die Tiefe, wo sich dann eine Art Höhle, ein riesiges Labyrinth von langen Fluchten und verwinkelten Gängen auftat, gebildet von unzähligen, in mehreren Etagen angeordneten Aquarien, denn Lange, der in seinem Labyrinth nur selten zu sehen war und noch seltener sprach, züchtete Zierfische, weshalb er im Dorf nur Fischl-Lange hieß. Das mal grünlich, mal bronzefarben schimmernde Licht aus den Becken beleuchtete die Gänge nur spärlich, überflutete sie aber in Gänze, als stünde die ganze Halle bis zur Decke unter Wasser. Begleitet von einem sanften Plätschern und dem Knistern, mit dem sich die in Schnüren aufsteigenden Luftblasen an der Oberfläche auflösten, waren sie zum Meeresgrund getaucht, waren durch eine vom Gleiten, Schweben, Wimmeln und Zucken bunter Fischschwärme durchflirrte Zauberwelt getaumelt, die Geborgenheit bot und gleichzeitig eine exotische Ferne versprach, in die sie auf der Autobahn nie gelangen würden, deren Existenz nur manchmal zu erahnen war, wenn oben ein schwerer Lastwagen vorüberdonnerte und die Wasseroberfläche in den

Aquarien kurz erzitterte. Träum nicht!, rief Britta plötzlich und zog ihn von der Fahrbahn zurück.

Auf dem schmalen Weg, auf den sie dann zum Meer hin abbogen, hofften sie, würde es ruhiger werden. Der Weg war anfangs mit Betonplatten belegt, die üblicherweise Panzerstraßen befestigten, mündete dann aber in eine Wagenspur, die einer schmalen Doppelrinne aus schwarzer, festgetretener Erde glich. Ihre Stimmung aber hellte sich auf, sie gingen jetzt wieder nebeneinander, manchmal breitete Britta die Arme aus, als balanciere sie auf einem Balken, tat, als verliere sie das Gleichgewicht, taumelte spielerisch zur Seite, Winkler fing sie lachend auf. Der Weg führte schnurgerade durch eine weite Fläche und zerschnitt sie in zwei Teile. Rechts eine Pferdekoppel, das Gras war noch immer von sattem Grün, von schwarzen Maulwurfshügeln und Häufchen aus Kotballen durchsetzt, hier und da, wie kleine bizarre Skulpturen aus rostigem Eisen, standen abgestorbene Gewächse, Wiesenkerbel vielleicht oder Disteln, über einem Misthaufen stieg Dampf auf. Die Tiere grasten in stoischer Ruhe oder starrten wie verträumt in die Ferne, als merkten sie nichts von dem Straßenlärm, der allmählich seinen Rhythmus verlor und in ein immerwährendes Dröhnen überging. Am Himmel kreiste ein Milan. Manchmal warf eines der Pferde seinen Schweif wie gelangweilt gegen die samtig glänzende Flanke, nur ein schwarzes Fohlen mit nassem struppigen, an manchen Stellen von Erde schorfigem Fell bäumte sich auf, jagte wie in panischer Flucht ein Stück davon, machte vor einer als Tränke dienenden Badewanne mit einem ungelenken Sprung abrupt kehrt, warf den Kopf zur Seite, schüttelte ihn, aber auch das schien nur ein übermütiges Spiel, schon tänzelte es majestätisch auf der Stelle, als gelte es, sich für die Hohe Schule zu empfehlen. Winkler zog einen der langen Grashalme am Wegrand aus dem Boden und streifte die Rispe vom Stängel. In der Kindheit hatte es als Mutprobe gegolten, mit dem Halm den Elektrozaun zu berühren. Er erinnerte sich an die bange Vorsicht und das ängstliche Zögern, das Kribbeln hatte er dann als angenehmen Schauer empfunden, jetzt spürte er nichts. Bin ich wirklich schon so abgestumpft?, fragte er sich, aber vielleicht war der Halm auch nur zu trocken gewesen. Britta schaute ihn lächelnd an, früher, sagte sie, haben die Jungen beim Pinkeln mit ihrem Strahl auf den Draht gezielt. Bekommt man davon eigentlich eine Erektion? Vielleicht, sagte Winkler, soll ich es probieren? Lieber nicht, sagte Britta, das heben wir uns für später auf, falls du mal Hilfe nötig haben solltest.

Links des Weges, weit hinten, im satten, noch immer tauüberperlten Grün, lagerte eine Gruppe Schwäne, ein weiß leuchtender Fleck, wie eine Lache zu früh gefallenen Schnees, der sich nur verdunkelte, wenn der gemächlich über die Weide ziehende Schatten einer Wolke ihn überstrich. Am Horizont zog sich eine lange Reihe von Kopfweiden hin, deren kugelige Kronen sich langsam lichteten, ohne die sich strahlenförmig auffächernden, aus den Astknollen sprießenden Ruten schon gänzlich zu entblößen. Dahinter musste das Meer sein, er konnte es fühlen und ahnte, dass die Erwartung ihn mehr erregte, als der Anblick selbst es tun würde. Die am Himmel kreisenden Möwen waren ein Bild, das ihm vom Rand der Stadt vertraut war, einen Moment lang fürchtete er, sie könnten auch hier nicht über dem Meer, sondern über einer Müllkippe schweben. Der plötzlich aufgekommene Gedanke an die Müllkippe verwirrte ihn. In den Büschen, die jetzt den Weg säumten, leuchteten die Schneebeeren im Herbstlicht, er dachte an Styroporkügelchen und Papierfetzen. Ein vollkommen von Efeu umrankter Baumstamm wirkte wie umhäkelt. Das Pfaffenhütchen, von einem sanften Wind bewegt, prahlte noch immer mit seinen purpurrosa Früchten, und das dunkle Samtblau der Schlehen schien wie ein sehnliches Warten auf den ersten Frost, der ihnen die Bitterkeit nehmen würde, während die violetten Blüten der Herbstzeitlose schon die Krokuswiesen des Frühlings vorgaukelten. In den Sträuchern lamentierten die Spatzen. Oder der riesige Starenschwarm, der sich im Hinterland in waghalsigen Manövern zu immer neuen Formen wandelte, wie in einer Explosion zerstäubte, blitzartig wieder zusammenfand, dann manchmal fast unsichtbar wurde, um im nächsten Moment, als klappten plötzlich die Lamellen einer Jalousie herunter, den Himmel als schwarze Wolke zu verdunkeln. Das alles geschah in lautloser Eleganz, erst beim Schrei einer einsamen Möwe, knarzend wie eine schlecht geölte Tür, blitzte in Winkler der Gedanke auf, ein Windrad malmte sich mit seinen Flügeln durch den nun schrill kreischenden Schwarm. Er griff nach Brittas Hand und war erleichtert, dass sie es zuließ. Mehr noch, sie erwiderte den sanften Druck seiner Finger, auch sie schien den gestrigen Streit vergessen zu haben.

Der Weg stieg leicht an, sie gingen wie auf einer Rampe. Über der Geländekante, hinter der der Strand liegen musste, zappelte ein kleiner Drachen, flog plötzlich eine Acht, vollführte zwei, drei Loopings und stürzte dann ab. Das Meer schob sich nicht Schritt für Schritt in ihren Blick, erst kurz bevor sie den höchsten Punkt erreicht hatten, lag es ihnen mit einem Mal zu Füßen, eine stahlblaue, im Gegenlicht mit Silberflitter bestreute Fläche, hier und da von Wellenkämmen gekräuselt. Am Strand versuchte ein junger Mann den Drachen wieder steigen zu lassen, rannte mit erhobenem Arm über den Sand, das Fluggerät stolperte in großem Abstand hinterher, schleifte dann mit wirbelndem Schweif über den Boden. Das Kind, das ihm ein Stück gefolgt war, blieb stehen und sah ihm traurig nach. Darüber hielt sich eine Möwe mit ausgebreiteten Schwingen in der Luft, regungslos fast, nur gelegentlich ihr Gleichgewicht mit einem leichten Flügelzittern stabilisierend. Winkler erinnerte sich an die Worte eines berühmten Regisseurs, der behauptet hatte, der Horizont dürfe sich in einem Film nie in der Mitte befinden, weil das Bild dann langweilig wäre. Der Horizont lag in der Mitte, aber er langweilte sich nicht. Auf der etwas verschwommenen Linie trieben, einer Luftspiegelung gleich, gelassen einige Schiffe, und als betrachte er eine Kinderzeichnung, hatte er den Eindruck, das Wasser sei eine senkrecht aufragende Wand, auf dessen Oberkante sie schwammen. Dann aber war ihm, als sei die Ferne und Weite zu spüren, er schaute gebannt aufs Meer, als sei von dort etwas zu erwarten. Schön, sagte Britta, lass uns eine Weile hierbleiben. Manchmal beneidete er sie, weil es ihr anscheinend gelang, das bloße Vergehen der Zeit zu genießen, als sei allein das schon eine Lebenskunst. Die Möwe bewegte nur leicht ihre Flügel, richtete sich kurz auf, ließ sich zur Seite kippen und wurde davongeweht. Ja, bleiben wir, sagte er, aber eigentlich hatte er Hunger und wollte endlich zum Hafen. Er sah der Möwe nach, und dabei fiel ihm der Aufsatz ein, den zu schreiben er sich seit langem vorgenommen hatte, einen längeren Aufsatz, vielleicht sogar ein kleines Buch, er wusste noch nicht worüber, irgendetwas über Literatur, über ein bisher kaum beachtetes Thema, einen vergessenen Autor, dessen Bücher er in einer dieser aufgelassenen Telefonzellen zu finden hoffte, eines Tages würde er es tun, alles war vorbereitet. Nach dem Auszug seines Sohnes hatte er sofort begonnen, das nun verwaiste Kinderzimmer als sein zukünftiges Schreibzimmer einzurichten und sah sich seitdem immer wieder, die Hände in den Taschen, in diesem Zimmer stehen und aus dem Fenster schauen. Anfangs hatte er sich gesträubt, an dem dort stehenden Schreibtisch die für den Unterricht nötigen Arbeiten zu erledigen, als könne er ihn dadurch entweihen, dann hatte er Brittas Drängen nachgegeben und seine Arbeitsecke im Wohnzimmer für sie geräumt. Sie brauche kein eigenes Zimmer, hatte sie Virginia Woolf zitiert, aber eine eigene Ecke brauche sie schon. Er ging nie ohne ein Notizbuch aus dem Haus, denen allerdings die Exklusivität von Brittas Notizbuch fehlte, es waren Kalender der vergangenen Jahre, in denen noch viele Seiten leer waren und es vorerst auch bleiben würden. Die Vorstellung, irgendwann Spezialist auf einem Gebiet zu sein, das keinen interessierte, störte ihn nicht, ihm gefiel der Gedanke, seinen Namen auf einem Buchdeckel gedruckt zu sehen, das würde ihn, wenn auch nicht gerade in den Augen seiner Schüler, so doch wenigstens in seinen eigenen Augen, heraustreten lassen aus der grauen Masse jener Kollegen, an die man sich später allenfalls wegen ihrer eigenartigen Frisur oder der Vorliebe für ein bestimmtes Kleidungsstück erinnern würde. Ein Buch also, es war nicht zu fassen, jetzt hatte er schon die gleichen Hirngespinste wie Bergthaler! Winkler starrte aufs

Meer, der Anblick beruhigte ihn ein wenig, die Schiffe am Horizont schienen nicht voranzukommen, nur ihr Rumpf war ein bisschen schmaler geworden, als würden sie allmählich versinken, aber das mochte an der Entfernung liegen.

Auf dem breiten, hart an der Kante der Steilküste entlangführenden Weg zum Hafen lag der kupfern glänzende Leib einer Blindschleiche, die in den Fängen eines Raubvogels oder unter den Reifen eines Fahrrades den Tod gefunden hatte. Der Gedanke an Bergthaler blitzte auf, wurde aber sofort verdrängt, als der Weg kurz darauf an einem quer gestellten Gitterzaun jäh endete, vermutlich, weil er bei einem der letzten Stürme unterspült worden war und abzubrechen drohte oder an einigen Stellen schon abgebrochen war. Das Meer leckte unaufhörlich an der Küste, fraß sich in das Land, versuchte die Grenzen zu verschieben, Winkler dachte an Storms *Schimmelreiter* und den alten Aberglauben, dass Deiche nur sicher seien, wenn in ihnen etwas Lebendiges verbaut werden würde, ein Hund vielleicht, aber natürlich war gerade jetzt kein Hund zu sehen. Die Absperrung zwang sie, die Gefahrenzone auf einem schmalen Trampelpfad zu umgehen. Entlang des Gatters wurden ihre Schritte trotz des schwierigen Untergrundes unwillkürlich schneller, sie liefen wie verängstigte Tiere auf der Suche nach einem Ausweg, auf den alle paar Meter am Zaun befestigten Schildern warnten Piktogramme vor jedem falschen Schritt. In einem roten Kreis war eine schwarze Hand abgebildet, der Mund des hinter den gespreizten Fingern hervorlugenden Gesichts formte das gleiche Rund wie jener der Weihnachtsmänner im Supermarkt, doch hier war es Ausdruck des blanken Entsetzens, so dass ihrem Gang auf dem zu ihrer Sicherheit ausgewiesenen Umweg unwillkürlich jede Sicherheit abhandenkam. Die Rampe war jetzt zur Landseite hin leicht abschüssig, über das glatte, niedergetretene Gras gehend, rutschten sie mehrfach aus, gerieten ins Stolpern oder mussten den die Zaunsäulen haltenden Betonblöcken ausweichen. Winkler befiel eine leichte Panik, er dachte an die aufgelassene Sandgrube, auch dort waren manchmal Teile abgebrochen, all die Schilder mit vorgestreckten Händen, mit Totenschädeln über gekreuzten Knochen, die Warnungen vor Tollwut, Maul- und Klauenseuche, Schweinepest, militärischem Sperrgebiet tauchten plötzlich vor ihm auf. Er war immer auf der sicheren Seite gestanden, doch jetzt hatte er mit einem Mal das Gefühl, als wehrte die auf den Schildern dargestellte Hand ihn nicht nur ab, sondern schnelle direkt auf ihn zu, stoße ihm gegen die Brust, der Warnruf aus dem weit aufgerissenen Mund erschien ihm plötzlich als Angriffsschrei, wie das unheimliche Johlen angriffsbereiter Krieger.

Bergthaler hatte ihn einmal gefragt, wie er sich denn zu verhalten gedenke, wenn einer dieser heißblütigen Ausländer vor ihm stehe und ihm an den Kragen wolle, wenn er ein Messer zücke, wie es bei solchen Leuten offenbar üblich sei, wenn er seine Frau oder sein Kind bedrohe oder gar zu töten beabsichtige, ob er dann auch noch sein Gutmenschentum wohlfeil zur Schau stellen und immer noch von Integration oder den Segnungen des Multikulti faseln wolle. Na, dann viel Spaß!, hatte Bergthaler ausgerufen. Dabei hatte Winkler all dem nie das Wort geredet, jedenfalls nicht auf so plumpe Weise, und wenn doch, dann weniger aus Überzeugung, sondern aus einer Lust am Widerspruch oder weil in ihrem Streit ein Punkt erreicht worden war, an dem kein Platz mehr war für Zwischentöne und jeder aus Wut und Trotz auf der eigenen Wahrheit beharrt hatte, obwohl deren Phrasenhaftigkeit ihm längst bewusst geworden war. Und nun, auf diesem Trampelpfad entlang der Absperrung oberhalb der Steilküste, krallte Winkler seine Finger in das Gatter, als öffne sich der Abgrund nicht jenseits des Zaunes, sondern gähne unmittelbar vor seinen Füßen. Er hatte Angst, und die ließ sich nicht besiegen, nur weil er sie grundlos nannte, die Angst war auf seine Beschwichtigungen nicht angewiesen, sie genügte sich selbst. Und Winkler erinnerte sich daran, wie Bergthaler durch die gleiche Frage, die er ihm gestellt hatte, als halte er ihm eine Pistole an die Brust, ein paar Jahre zuvor selbst in Verlegenheit gebracht worden war. Denn als er die Weigerung, den für Studenten obligaten Reservedienst abzuleisten, mit seiner pazifistischen Gesinnung begründet und damit seine Exmatrikulation riskiert hatte, war er vom Vernehmer gefragt worden, was er denn zu unternehmen gedenke, wenn der Klassenfeind ihn und seine Familie mit der Waffe bedrohe. Der Vernehmer, hatte Bergthaler erzählt, sei ein älterer, dem Lehrer Weitzmann nicht unähnlicher Offizier mit gutmütigen Gesichtszügen gewesen, der ihm mal väterlich zugeredet, und dann, unvermittelt Stimmung und Tonfall wechselnd, gedroht und ihn beschimpft habe. Was, hatte Bergthaler Winkler gefragt, hätte er darauf antworten sollen? Winkler hörte das heisere, klagende Kreischen einer Möwe, aber das Tier war nirgends zu sehen, er hörte nur das Kreischen, das ihm deshalb um so unheimlicher erschien.

Britta war ihm schon einige Meter voraus und sah sich, als sie das Ende des Gitterzaunes erreicht hatte, nach ihm um, fragend, wie ihm schien, als erwarte sie eine Antwort, aber er hatte keine Antwort, damals hatte er keine Antwort gehabt und jetzt nicht einmal ihre Frage verstanden. Wo er denn bleibe, fragte sie dann etwas vorwurfsvoll, als er sie erreicht hatte, obwohl sie es doch gewesen war, die einige Minuten zuvor am liebsten noch länger an der Kante der Steilküste geblieben wäre und aufs Meer geschaut hätte, aber da war die Antwort schon überflüssig, denn er war ja nun da.

6

An der kleinen Bucht, in der der Hafen lag, war das Hinterland wieder flach, die Zufahrtsstraße, auch sie mit den Betonplatten einer Panzerstraße befestigt, wurde von etlichen Lagerschuppen gesäumt, an deren Wänden Graffiti-Tags zwischen salzfleckigen aufgequollenen Putzflecken leuchteten, und Winkler wurde klar, was ihm am Morgen an den Granitbänken der Strandpromenade so seltsam erschienen war, nämlich ihre Nacktheit. In der Stadt hatten sich seine Augen so an besprühte Wände gewöhnt, dass diese sauberen Flächen ihm aufgefallen und befremdlich erschienen waren. Zwischen den Schuppen stand der verlassene Bürocontainer der ehemaligen Hafenverwaltung, an dessen abblätterndem Anstrich ein großformatiges buntes Kunststoffbanner in großen Lettern für Urlaub in der Pension *Seeparadies* warb und bei jedem Windstoß gegen die geriffelte Blechwand klatschte, so dass es hohl widerklang. Erst kürzlich hatte Winkler in einer Diskussion um die Unterbringung von Flüchtlingen das Wort Asylcontainer gehört, das ihm jetzt einfiel. Wahrscheinlich waren auch hier in der Nähe einige dieser Container abgestellt, vielleicht sogar am Meer, aber weit weg vom Seebad mit seiner Promenade und dem *Seeparadies*, waren abgestellt hinter Gitterzäunen, in Reih und Glied oder übereinandergestapelt, umschlossen vielleicht ein Karree wie eine Wagenburg ohne Räder.

Umwuchert von Disteln und Brennnesseln war ein rostiger Kahn kieloben aufgebockt, ein hochbeiniger Käfer, ein Regendach für Bündel verschlissener Netze und Korkleinen bildend, die trotz der trockenen Lagerung nicht mehr gebraucht werden würden, daneben stapelten sich flache Holzkisten, die, als man von hier aus noch zum Fischen fuhr, den Fang aufgenommen hatten. Die Reste der im Boden versenkten Schienen, auf denen einst die Boote zu Wasser gelassen wurden, waren in Moos gebettet und endeten im Nichts. An der zugehörigen Seilwinde hatte sich die Trosse verheddert.

Sie hatten nichts anderes erwartet und waren nicht enttäuscht, versuchten in jeder noch so hinfälligen oder gekünstelten maritimen Anmutung die Einlösung eines Versprechens zu sehen, das ihnen zu Hause die Aussicht auf ein paar Tage am Meer gemacht hatte. Und waren froh, als sie dann am Kai wenigstens einen Rest von dem vorfanden, was ihnen die Reproduktionen der alten Ansichtskarten vor den Souvenirläden der Promenade in Sepia oder nachträglich koloriert als Hafen des Seebades vorgegaukelt hatten. Dort hatte ein bahnhofsähnliches Backsteingebäude den Stürmen der See und der Zeit getrotzt, als habe der riesige, neben der Eingangstür liegende, schwarz lackierte Anker sein Beharren garantiert. Dieser Anker freilich war viel zu groß, um zu einem jener Schiffe gehört zu haben, die einst den Hafen angelaufen hatten, dessen Namen auf einem von gusseisernen

Säulen getragenen Schild noch immer die Spitze des Piers überwölbte. Am Anfang des Stegs stand ein Schild mit einem in Augenhöhe angebrachten Piktogramm, das Winkler vom Schulhof kannte. Auf grünem Grund standen zwei weiße Gestalten mit drei Köpfen, auf die von jeder Ecke des Vierecks ein Pfeil zeigte. Trotz der behördlichen Erlaubnis, hier von allen Seiten zusammenzuströmen, war der Pier verwaist. Nur auf den historischen Ansichtskarten wimmelte es von sonntäglich gekleideten Menschen, die auf die Ankunft eines Schiffes warteten, Männer in dunklen Anzügen und mit Krawatte, Frauen mit langen weißen Handschuhen, in hellen langen Kleidern, an deren Schultern Rüschen wie Flügel flatterten, einige winkten mit Sonnenschirmen, die Strohhüte waren mit künstlichen Kirschen und Blüten garniert, die Jungen trugen Matrosenanzüge, die Mädchen hatten Schleifen im Haar. Fin de Siècle. Von früheren Ausflugslokalen und Landgasthöfen gab es ähnliche Bilder, und Winkler fragte sich, wieso vor allem an Sonntagen auf dem Land immer weniger Menschen zu sehen waren, obwohl die Bevölkerung ständig zunahm. Auf dem Geländer reihte sich, angetreten wie ein Empfangskomitee, nur Möwe an Möwe, stumm, wie gelangweilt, mit eingezogenen Köpfen. Die Holzbohlen waren mit ihrem Kot besprenkelt, zwischen den Pfeilern gluckste müde das Wasser.
Das Gebäude immerhin war frisch renoviert, und obwohl kein Mensch zu sehen war, standen auf dem

dazugehörigen Parkplatz eine Menge Autos. Das Haus beherbergte den Gastraum einer Räucherei, weshalb im ursprünglich den Fahrplänen vorbehaltenen Glaskasten neben einem Stapel leerer Bierkästen jetzt eine Speisekarte ausgestellt war, vor der sie sich berieten, mehr zum Schein, denn sowohl Winkler als auch Britta wussten längst, was sie nehmen würden, nämlich das, was sie immer nahmen, er Makrele, sie Heilbutt. Mit dem Öffnen der Tür schlug ihnen das laute Stimmengewirr eines überfüllten Raumes entgegen, jedenfalls schien es ihnen nach der draußen herrschenden Leere und Stille so, und sie waren im nächsten Moment erstaunt, doch nur auf wenige Gäste zu stoßen, die zudem im düsteren Licht kaum zu erkennen waren. Dennoch wirkte der Raum überfüllt und glich auf den ersten Blick einem rumpeligen Lagerschuppen für ausgediente nautische Instrumente, ein Steuerrad, waagerecht auf einem hölzernen Fuß befestigt, diente als Stehtisch, daneben zeigte der Maschinentelegraph auf *volle Fahrt voraus*. An den Wänden und von der Decke hing ein Sammelsurium aus Schiffskompassen, Netzen, Tauen, Lampen, Barometern und Glocken, aus gerahmten Knotentafeln und einem Rettungsring, aus Schiffsmodellen und Fotografien. Dazwischen schienen sich die Gäste wie auf einem Vexierbild zu verbergen, und es war auch nur ein Gemurmel, das vereinzelt aus Ecken und Nischen drang. Sie standen eine Weile unschlüssig, irritiert wie nach dem Betreten einer Wunderkammer, aber auch ihr Anblick schien zu irritieren, denn mit den neugierigen Blicken, die sie wie Eindringlinge trafen, setzte das Stimmengewirr für einen Augenblick aus. Lass uns wieder gehen, flüsterte Britta, doch Winkler hielt sie zurück.

Auf dem Weg hierher war ihnen niemand begegnet, nur einmal war ihnen ein Paar eine Weile vorausgegangen, hatte sich aber immer mehr entfernt, so dass sie die Aufschrift, die auf dem Rücken der roten Jacke des Mannes prangte, nicht hatten lesen können. Sie hatten nur gesehen, wie er im Gehen immer wieder seinen rechten Arm seitlich in die Höhe gehoben, und ein Hund jedes Mal versucht hatte, die Hand des Mannes mit einem Sprung zu erreichen. Nun hing dieselbe Jacke über einer Stuhllehne, sie lasen *Camp David*. Der Hund döste unter dem Stuhl, flach ausgestreckt wie das als Jagdtrophäe präparierte Fell eines erlegten Raubtieres, und hatte, den Kopf zwischen den Vorderpfoten auf den Boden gepresst, bei ihrem Eintreten nur kurz ein Auge geöffnet. Als sie sich einen freien Tisch suchten, löste sich der Zauber des Inventars langsam auf, sie sahen jetzt schärfer, hier imitierten künstliche Holzwurmlöcher und aufgemalte Patina ein ehrwürdiges Alter, dort nährte das auf Hochglanz polierte Gehäuse eines historischen Fernrohrs Zweifel an dessen Echtheit, trotzdem fühlten sie sich wohl und fanden es gemütlich. Sogar über die hier übliche Selbstbedienung sah Winkler hinweg, obwohl er in den Ferien möglichst jede Erinnerung an die Schulkantine vermied und in einer Gaststätte lieber bedient werden wollte. Dass die Fische, die portioniert im Räucherofen hingen, wahrscheinlich längst woanders gefangen worden waren, ahnten sie, auch wenn der Mann hinterm Tresen mit dunkelblauem Rollkragenpullover, Kapitänsmütze und hochrotem Gesicht noch immer den Eindruck erwecken wollte, er sei soeben von großer Fahrt zurückgekehrt, habe gerade erst die Tabakspfeife beiseitegelegt und sich die fettig glänzende Kunststoffschürze umgebunden, allein sein Ohrring, eher ein Gehänge, hatte mehr von der Backfischhaftigkeit einer Konfirmandin vom Anfang des letzten Jahrhunderts als von der Verwegenheit eins Piraten. Bergthaler, sagte er dann, als der Fisch vor ihnen lag, und er den ersten Schluck Bier getrunken hatte, auf fast nüchternen Magen, weil der als Kapitän Kostümierte hinter dem Tresen der Meinung gewesen war, ein Fisch müsse schwimmen, was der Mann auch selbst beherzigte, Bergthaler, sagte Winkler also, ich habe heute schon einige Male an Jürgen Bergthaler gedacht. Britta hatte gerade die derbe ölige Haut vom Heilbutt gepult und streckte ihm ihre fettigen Finger entgegen, als könne sie mit fettigen Fingern nicht reden, schon gar nicht über Jürgen Bergthaler, vielleicht wollte sie auch nicht. Also aßen sie schweigend, Winkler wie immer viel zu schnell, jedenfalls schien ihr missbilligender Blick eben das sagen zu wollen, doch erst als er die zwischen Kopf und

Schwanz schon skelettierte Makrele zum Mund hob, um hastig und geräuschvoll noch die letzten Fleischreste von den dünnen Gräten zu saugen, meinte sie, bei Jürgen sei es auf jenen Fall gesitteter zugegangen. Mag sein, aber nur beim Essen, sagte er nach einem Schluck aus dem Glas, auf dessen Rand der fettige Abdruck seiner Lippen zurückblieb. Und dann machte er eine Pause, als wolle er dem, was er nun gleich sagen würde, eine besondere Bedeutung geben, aber es fiel ihm nichts ein, so dass er in seiner Verlegenheit erneut nach dem Glas griff, einen Schluck trank, wobei er mit der Zunge den Fettfleck vom Rand zu wischen versuchte, der dadurch aber nur noch größer wurde. Britta schüttelte den Kopf, er wusste nicht, ob wegen des verschmierten Glases oder seiner Gedanken an Jürgen Bergthaler, dann stand sie auf und ging sich die Hände waschen.
Eine Gruppe junger Leute, die ganz in der Nähe um das Steuerrad saßen, unterhielt sich über einen vergangenen Urlaub auf Mallorca und eine Kreuzfahrt durch die Karibik. Auf dem Kreuzfahrschiff sei die Anzahl der Passagiere auf achthundert begrenzt gewesen, sagte ein Mann, dadurch habe eine familiäre Atmosphäre geherrscht. Er sprach so laut, dass jeder ihm zuhören musste, und überzeugte sich mit raschen Blicken, dass alle es auch wirklich taten. Die Eltern hatten auch so laut gesprochen, dachte Winkler, erst aus Gewohnheit oder um den Lärm der Fabrik zu übertönen, der auch noch nach Feier-

abend in ihren Köpfen hallte, später, weil der Lärm der Fabrik ihr Gehör ruiniert hatte. Winkler sah sich um, früher, dachte er, behielten ältere Damen in Cafés die Hüte auf, heute tragen die jungen Männer, oder die, die als solche gelten wollen, in den Kneipen zu jeder Jahreszeit lächerliche Wintermützen. Einer der Männer erinnerte ihn in der Art, wie er den Kaffee trank, an seinen Vater. Genau wie sein Vater hob auch der Mann, unter dessen Mütze sich ein Knäuel Dreadlocks zu verbergen schien, die Tasse kaum an, sondern neigte seinen Kopf über den Tisch der Tasse entgegen und schlürfte den Kaffee dann mit vorgeschobenen Lippen. Es war die gleiche Körperhaltung, mit der sich der Vater über seine Werkstücke gebeugt hatte. Eine der Frauen kam ihm bekannt vor, als sei er ihr erst kürzlich begegnet, aber Winkler wusste nicht wo. Eine der Volontärinnen aus der Schule? Eine von Brittas Kolleginnen? Die Verkäuferin aus der Bäckerei? Man sieht sich jeden Tag und erkennt sich in einer anderen Umgebung nicht wieder. Nein, die Verkäuferin aus der Bäckerei war es auch nicht. Gesichter und die dazu passenden Namen, als Lehrer, dachte er, sollte er darin Übung haben, jedes Schuljahr zwei Dutzend neue Gesichter, die zu erkennen, auseinanderzuhalten und mit Namen zu verbinden sind, dachte er, aber jetzt wusste er keine Antwort. Das lange schwarze Haar war in der Mitte penibel gescheitelt, dazwischen leuchtete, schmal wie ein Riss, die Kopfhaut weiß, an den Seiten hing es glatt herunter, machte das Gesicht schmal und ließ es blass erscheinen, während die Augen sich, sei es, weil sie im Schatten lagen oder so geschminkt waren, dunkel abhoben, das alles kam ihm bekannt vor. Aber das alles war auch nicht ungewöhnlich, vielleicht war es doch eher die Art, wie die Frau ihr Haar zu bändigen suchte? Sie legte die Spitzen der Zeigefinger in die Mitte der Stirn, schob sie Richtung Schläfen auseinander und strich sich das Haar hinter die Ohren, wobei die Bewegung offenbar absichtsvoll viel zu weit ausholte, so dass das Haar zunächst beidseitig aufgefächert wurde, der Kopf sich dabei zunächst nach vorn, dann in einer Art Wellenbewegung nach oben schob, wodurch das Haar mit Schwung nach hinten geworfen wurde und über die Schultern fiel. Doch schon bei der nächsten Bewegung ihres Körpers glitt das Haar wieder nach vorn, so dass die Frau den ganzen Vorgang mehrmals wiederholte, manchmal, wenn sie den Kopf gerade zur Seite wandte, auch nur mit einer Hand. Sollte er ihr zu einem Haargummi raten? Nein, er erkannte sie nicht, selbst dann nicht, als sie ihn, vielleicht hatte sie seinen Blick bemerkt, kurz ansah, und er auch bei ihr ein Zögern wahrnahm, das er als stumme Frage deutete. Aber da war auch Britta schon wieder zurückgekommen, was die junge Frau vom Steuerrad mit einem mitleidigen Lächeln quittierte, wobei Winkler nicht wusste, ob sie ihn oder sich selbst bemitleidete. Gehen wir, sagte Britta, und Winkler trank im Stehen rasch sein Bier aus.

Auf dem Rückweg wollten sie noch zur Kirche und mussten deshalb ein Stück über die Zufahrtsstraße gehen, die den Hafen mit dem Dorf verband. Die schnurgerade Straße war von hohen Pappeln gesäumt und um diese Zeit unbefahren, so dass sie in der Mitte der frisch asphaltierten Fahrbahn gehen konnten. Das Rauschen der schmalen, hoch aufgeschossenen Kronen gaukelte einen Sturm vor, doch es wehte nur ein schwacher Wind, in dem das welke Laub langsam durch die Luft trudelte. Auf dem Feld war der Mais im trockenen Sommer verdorrt, die grauen Blätter raschelten wie Butterbrotpapier. Dem Wetter an der Küste war nicht zu trauen, es wechselte schnell, nun zeigte sich sogar die Sonne. Die kahlen Baumgerippe mit den Kormorannestern leuchteten hinter dem Feld wie frisch gekalkt. Die ersten Häuser, zwei dreigeschossige Plattenbauten aus Waschbeton, gehörten noch nicht zum Dorf, sie gehörten nirgendwo hin, sie standen in der Landschaft wie abgestellte und vergessene Kartons. Das gesamte Grundstück wurde von einem mannshohen Eisenzaun umrandet, bei einem der Felder waren einige der lanzettförmigen Spitzen verbogen und der Querriegel eingedellt, wahrscheinlich von einem Unfall oder einem umgestürzten Baum, und obwohl die nach innen gebogenen Spitzen und der nach innen gedellte Querriegel auf einen Aufprall von außen hinwiesen, hielt es Winkler einen Moment lang für möglich, die schadhafte Stelle könne auch das

Ergebnis des Fluchtversuchs eines Internierten sein. Hinter allen Fensterscheiben der Wohnblocks hingen die gleichen Spitzengardinen, selbst ihre vertikalen Wölbungen und Falten, die den Stoff verdichteten und so einen Durchblick verwehrten, glichen einander, sie schienen wie gegen eine unsichtbare Schablone gedrückt und dann erstarrt. Nur manchmal war das diffuse Leuchten einer Deckenlampe zu erkennen, jetzt am frühen Nachmittag noch zu schwach, um das Innere der Räume dem opaken Schleier zu entreißen und mehr als verschwommene Konturen sichtbar zu machen oder das Huschen eines Schattens. Und auch die Stille lastete wie ein schwerer Schleier über dem Anwesen. Oder sollte man nicht besser Abwesen sagen? Zu sehen war niemand, auch die Bänke vor den Häusern waren verwaist, auf einem Tisch stand eine halbvolle Flasche Mineralwasser zwischen welkem Laub. Ein paar braungedorrte Sonnenblumen ließen die Köpfe hängen. Daneben standen kleine Nadelbäume, Zwergtannen, die zu Kegeln geschnitten waren und wirkten, als stammten sie aus dem Spielzeugland oder einem Geschäft für Vorgartendekorationsbedarf. Die Stille war bedrohlich und anrührend zugleich und machte sie gesprächig, doch sprachen sie nicht über die Häuser, nur einmal machte Winkler eine Handbewegung, als schlösse er sie in das, was er sagte, ein. Auch rückten sie enger zusammen, immer wieder streiften sich im Gehen ihre Arme, berührten sich ihre Schultern, so dass auch zwischen ihre Schatten kein Blatt mehr passte und als sei ihre Nähe das Einzige, was sie dem bedrückenden Anblick der Häuser entgegenhalten konnten. Sie erzählten sich, was sie sahen, wie das Laub von den Pappeln fiel und der Wind die wie mit Silberstaub bepuderten Blätter übers Feld trieb, obwohl die Wolken in die andere Richtung zogen, sie erinnerten sich, wie die flauschigen Samen bei ihrem letzten Aufenthalt den Rand der damals noch gepflasterten Straße gesäumt hatten, als sei dort ein langer weißer Wollschal entrollt worden. Britta sagte, dass sie heute Abend noch ihren Sohn anrufen wolle, Winkler solle sie dran erinnern. Wie trocken der vergangene Sommer war! Wie schnell die Zeit verging! Winkler fiel sogar Napoleon ein, der Pappelalleen angelegt haben soll, um seinen Soldaten den Marsch in die Schlacht angenehmer zu machen, aber das sagte er nicht. Sie sprachen über Belangloses, sie berührten einander nur flüchtig, doch all das genügte, um sich dessen sicher zu sein, was jeder über diese Häuser dachte, die jetzt schon weit hinter ihnen lagen und über dessen Tür sie das Wort Seniorenresidenz gelesen hatten. An einer Streuobstwiese roch es nach fauligen Birnen, Winkler dachte an Fontane und die Obsttouren mit Bergthaler. Britta blieb einen Moment stehen. Wir müssen Beate noch eine Karte schreiben, sagte sie, Beate ist jetzt allein, ich werde mich etwas um sie kümmern müssen.

Die ersten Häuser des Dorfes sahen nicht anders aus als die Häuser anderer Dörfer, steingewordene Träume vom Eigenheim. Heruntergelassene Jalousien, penibel verschnittene Hecken, immergrüne Koniferen. Vor den Gartentüren warteten gelbe Müllsäcke, über einem Garagentor hing ein Basketballkorb. Niemand war zu sehen, nur in einer Einfahrt reinigte ein Mann das Innere seines Autos, alle Türen standen offen. Am Innenspiegel baumelte ein Duftbäumchen. Dem Mann musste, als er in das Innere seines Wagens gekrochen war, der Pullover nach oben oder die Hose nach unten gerutscht sein, vielleicht auch beides, jedenfalls war das halbe Gesäß entblößt und ließ tief blicken. Auch die Motorhaube und die Heckklappe waren hochgeklappt, es war ein Bild von seltsamer Verlorenheit, aber Britta fand das lustig, sie sagte, das Auto würde gleich abheben und durch die Luft schweben. Winkler ließ einen Stock über einen hölzernen Lattenzaun rumpeln, das Rattern eines Motors imitierend. *Die tollkühnen Männer in ihren fliegenden Kisten.* Britta lachte, schon ein paar Schritte später war sie wieder ernst und sagte, dass sie niemals in ein Heim wolle. Winkler dachte an seinen Beinahe-Unfall und nickte, wusste aber nicht, ob sie das gesehen hatte. Und plötzlich war er sich sicher, die Frau am Steuerrad musste Manuela gewesen sein, wobei ihm gleich darauf klar wurde, dass auch Manuela inzwischen gut dreißig Jahre älter geworden sein musste, die Frau am Steuerrad ihn also allenfalls an Manuela erinnert haben konnte. Dreißig Jahre, so lange musste es her sein, dass Bergthaler sie das erste Mal mitgebracht hatte. Das war damals nichts Ungewöhnliches, Bergthaler tauchte immer wieder mit Frauen auf, Frauen, die dann ebenso schnell wieder verschwanden, und zunächst schien auch Manuela eine dieser flüchtigen Bekanntschaften oder sogenannten Bettgeschichten, aus denen aber keine Geschichte wurde. Auch sie ließ sich nur sporadisch an seiner Seite sehen, doch sie verschwand nicht, jedenfalls nicht aus Bergthalers Gedanken. Er hatte sie während des Studiums kennengelernt und irgendwann in seinen Puff gelockt, sie wurde seine große Liebe, dachte Winkler, als der Kirchturm schon zu erkennen war, und vielleicht war auch sie in ihn verliebt gewesen, geheiratet hatte sie aber dann einen Jugendfreund, der es inzwischen zum Ingenieur gebracht hatte und dem, weil er, wie Bergthaler behauptete, das richtige Parteibuch besaß, eine glänzende Karriere bevorstand. Die Karriere, die vor der Wende begonnen hatte, setzte sich nach der Wende fort, nur das Parteibuch hatte gewechselt, glücklich aber schien Manuela in ihrer Ehe nicht, denn die Beziehung zu Bergthaler brach nie ab, was vor allem an Bergthaler lag, der eine enorme, in anderen Dingen fehlende Beharrlichkeit entwickelte. Sie wurde zu einer Obsession, er lauerte ihr auf wie ein Pubertierender, er belagerte sie, verfolgte sie, was ihr allerdings nicht unangenehm war und doch nichts an ihrer

fragilen Beziehung änderte, es blieb eine meist im Verborgenen glimmende, zuweilen auch heftig aufflammende Affäre, bei der Winkler mal die Rolle des geduldigen Zuhörers von Bergthalers Verzweiflung, mal die eines Überbringers heimlicher Botschaften zukam. Als Manuela schwanger wurde, reklamierte Bergthaler die Vaterschaft für sich, was sie jedoch, und sei es nur, um ihre Ehe zu retten, vehement bestritt, und obwohl Bergthaler sich immer wieder mit anderen Frauen zu trösten versuchte, Manuela blieb seine große Liebe. Selbst als ihr Mann den ehemals volkseigenen Betrieb, in dem er seit vielen Jahren als Ingenieur tätig war, von der Treuhand kaufte und so in eine Position gelangte, die nach Bergthalers Ansicht das neue System verkörperte, das er noch mehr hasste als das alte, und sie gegenüber ihrem Mann, wenn auch nicht Treue, so doch eine gewisse Loyalität bewies, änderte sich daran nichts.
Auf der Hauptstraße des Dorfes kam ihnen ein Taxi entgegen, vielleicht bringt es neue Gäste ins Seeparadies, dachte Winkler, oder es fährt einen fußlahmen Rentner von einem Arztbesuch zurück in seine Residenz. Vom Rücksitz des Wagens traf ihn der verängstigte Blick einer alten Frau. Vielleicht suchte sie Hilfe, wie jene Alte, die sich einmal auf dem Schulgelände verirrt hatte. Sie trug nur ein dünnes Nachthemd unter dem lachsfarbenen wattierten Morgenmantel und schlurfte in Filzpantoffeln über den Hof. Er dachte an ihre trüben wässrigen Augen, die irrlichterten, als

wittere sie von überall her Gefahr. Sie hatte unablässig vor sich hingemurmelt, war aber nicht in der Lage gewesen, ihren Namen oder eine Adresse zu nennen, so dass er unter den feixenden Gesichtern der Schüler an den Fenstern ihr sein Jackett über die mageren Schultern geworfen und nach einem Rettungswagen gerufen hatte. Dann hatte er nach ihrem Oberarm gegriffen, um sie zu einer Bank zu führen, an den Fenstern war sogleich ein Johlen ausgebrochen, doch das war nicht der Grund, warum ihm das misslungen war, vielmehr war er über diesen abgemagerten Arm erschrocken, war seine Hand, als sie trotz des wattierten Morgenmantels den Knochen gespürt hatte, aus Angst, die alte Frau zu verletzen, zurückgezuckt, er hatte von ihr abgelassen und sie nun zum Gaudium der Schüler mit ausgebreiteten Armen umtänzelt, so wie man ein verschrecktes Tier in die Enge treibt. Britta hatte er erst Tage später von dem Vorfall erzählt, und nur, weil sie ein fremdes Haar am Kragen seines Jacketts entdeckt und, misstrauisch geworden, eine Erklärung verlangt hatte. Das Taxi war schnell verschwunden, aber Winkler hatte noch immer diesen verängstigten Blick vor Augen, griff nach Brittas Hand und gab ihr endlich eine Antwort. Nein, ins Heim müsse sie nicht.

Nach ein paar Minuten kam das Taxi zurück. Offenbar hatte der Fahrer eine ihrer Handbewegungen falsch gedeutet und hielt neben ihnen an. Er war klein und hatte etwas Mühe, über das Armaturenbrett auf die Fahrbahn zu sehen, schimpfte aber wegen des nicht zustande kommenden Geschäfts um so lauter. Als der Wagen anfuhr, wirbelte er einen weggeworfenen Werbeflyer auf, er flatterte ihm ein Stück hinterher und legte sich dann wieder auf die Straße. Vor der Wende, dachte Winkler, hatte Bergthaler einmal behauptet, sei es ihm egal gewesen, ob er eine Rentnerin ins Krankenhaus gefahren habe oder einen Dienstreisenden zum Flughafen, später aber habe er es kaum noch ertragen können, wenn einer dieser Typen im Maßanzug ihm vom Straßenrand mit einer Hand zugewinkt habe, die andere mit dem Handy am Ohr, nein, sie hätten ihm nicht zugewinkt, sie hätten ihm einen Befehl erteilt, und dann, kaum seien sie eingestiegen, hätten sie ihren Laptop aufgeklappt und ihm mit jeder Bewegung und mit jedem Blick zu verstehen gegeben, wie beschäftigt und wie sehr in Eile sie wären, er habe, so Bergthaler, seine Arbeit immer mehr gehasst. Je dicker die Brieftasche, hatte er geschimpft, desto größer die Fresse, und je größer die Fresse, desto kleiner das Trinkgeld, aber auch das Trinkgeld habe ihn irgendwann nur noch beschämt. Das sei das Alter, hatte Winkler damals gesagt, aber Bergthaler wollte das nicht gelten lassen und behauptete, die Ungerechtigkeit des Systems habe ihn dünnhäutiger werden lassen. Und dann waren auch noch die Fahrer von Huber aufgetaucht, geldgeil und kriminell, wie alles, was über den großen Teich schwappte. Das sogenannte gelobte Land,

so Bergthaler, sei ihm aber nicht nur deshalb ein verhasstes Land. Ja, die Russen seien schlimm gewesen, aber die Amerikaner seien schlimmer.
Als sie die Kirche erreicht hatten, fiel ihnen zunächst die Haltestelle des Schulbusses auf, ein gläserner Kasten an einer Wendeschleife, Endstation Friedhof, dachte Winkler, und er war froh, dass jetzt am Wochenende kein Schulbus verkehrte. Er wollte keiner Horde lärmender Kinder begegnen, doch dann zuckelte der sogenannte *Strandexpress* vorbei, eine von einem Miniaturtraktor gezogene Art Liliputanerzug auf Rädern, aus dessen buntbemalten Waggons ihnen einige Senioren auf so infantile Weise zuwinkten, dass er sich nach der ungestümen Wucht sehnte, mit der die Kinder aus der Enge eines Schulbusses drängten. Bimmelnd fuhr der Zug eine Runde und verschwand. Die Kirchenglocken schwiegen.
Die Kirche selbst war ein schöner Bau aus Feld- und Backsteinen mit einem gedrungenen hölzernen Glockenturm, den ein entsprechendes Schild neben der Tür als Kulturdenkmal adelte und leider geschlossen. Auch in Glaubensangelegenheiten war offenbar Nachsaison. Die Hände als Lichtschutz zu beiden Seiten der Augen, versuchten sie durch die Scheiben eines der niedrigen Fenster zu spähen, sahen deutlich die mit Staub und herabgerieseltem Kalk bepuderten, zwischen Rahmen und Laibung hängenden Spinnweben, die toten Fliegen auf dem Fensterbrett, während im düsteren Innenraum nicht viel mehr zu

erkennen war als ein paar Reihen hell lackierter Kirchenbänke. Britta schlug vor, im Pfarrhaus nach dem Schlüssel zu fragen, schließlich hatte der Reiseführer die Besichtigung empfohlen, und Britta nahm solche Empfehlungen ernst. Winkler wusste das, fragte trotzdem, ob es wirklich sein müsse. Britta schwieg, machte aber auch keine Anstalten, selbst zu gehen. Womöglich würde man den Pfarrer bei der Mittagsruhe stören, wand er ein, in Wahrheit fürchtete er das Gegenteil, die sofortige Bereitschaft des Pfarrers, und er sah sich schon gezwungen, einen ausschweifenden, auswendig gelernten kunsthistorischen Exkurs anhören zu müssen, aber auch das war nur die halbe Wahrheit, denn noch mehr fürchtete er, einem übertriebenen Wohlwollen ausgesetzt und durch eine falsche Interpretation ihres Interesses auch in Fragen des Glaubens vereinnahmt zu werden. Sein Atheismus war ihm heilig, und wenn diese Gotteshäuser verrammelt waren, warum sollte ausgerechnet er an den Türen rütteln. Aber was soll's, Gottes Wege sind unergründlich, dachte er schließlich und erklärte sich nach einer Weile doch bereit, den Weg zum Pfarrhaus auf sich zu nehmen, aber nun wollte Britta nicht mehr, er solle es lassen, jetzt sei es zu spät, entschied sie barsch. Es sei jedes Mal das Gleiche, immer müsse er sich durchsetzen, um jede Gefälligkeit müsse sie betteln, gestern sei es ein Kaffee gewesen, heute ein verdammter Schlüssel, wer weiß, was es morgen sein würde. Und da fiel es ihm wieder ein, sie hatten sich tatsächlich wegen eines lächerlichen Kaffees gestritten. Sie waren die Küstenstraße ein Stück nach Norden gefahren, hatten Buchenwälder durchquert, in denen im Frühjahr die Buschwindröschen blühen würden und die grauen mächtigen Stämme an Elefantenbeine denken ließen. Sie hatten im Hinterland in einigen der abgelegenen, nur über holprige Nebenstraßen erreichbaren Dörfer an teils verfallenen, teils zu Luxushotels umgebauten Herrenhäusern Halt gemacht und sich in einem Heimatmuseum das Sterbezimmer eines im vorletzten Jahrhundert gern gelesenen Dichters angesehen, der auch Dorfschullehrer gewesen war und dessen Namen kaum noch jemand kannte, und das sich mit einigen wie zufällig drapierten Schreibutensilien, einem aufgeschlagenen Buch und ungeordneten Kleidungsstücken um den Anschein bemühte, der Dichter mache nur eine Pause, oder es sei seit dessen plötzlichem und unerwartetem Ableben zumindest alles vollkommen unverändert geblieben. Sie waren schon auf der Rückfahrt gewesen, als Britta in einem kleinen Landgasthof noch einen Kaffee trinken wollte, und er nicht angehalten hatte. Na gut, das Museum war sein Wunsch gewesen, aber der Gasthof hatte wirklich nicht einladend ausgesehen, die Terrasse war von gelblichen Wellplatten überdacht und einer Mauer aus Betonsteinen mit Lochmuster umstanden gewesen, und sie außerdem nur noch ein paar Minuten vom *Seeparadies* entfernt, wo der Kaffeeautomat ja den ganzen Tag zur kostenfreien Verfügung stand. Den Kaffeeautomaten hätte er nicht erwähnen dürfen, sie hatte ihm sofort seine übertriebene Sparsamkeit vorgeworfen, schlimmer noch, sie hatte gesagt, dass er im Alter immer geiziger werde. Er hatte den Automatenkaffee dann allein getrunken, aber war das ein Grund, sich derart aufzuregen? Er versuchte sie in den Arm zu nehmen, sie ließ es nicht zu, entwand sich seinem Griff, und als er dann doch Richtung Pfarrhaus ging, um den Kirchenschlüssel zu holen, rief sie ihm nach, er könne ruhig gehen, aber sie werde verdammt noch mal keinen Fuß über die Schwelle setzen. Es klang so theatralisch, so bestimmt, dass es keineswegs ernst gemeint sein konnte, jedenfalls nahm Winkler es nicht ernst, und so passierte, was nicht hätte passieren dürfen, er musste lachen.

Über den Friedhof gingen sie dann getrennt, standen, jeder für sich allein, mit gesenkten Köpfen vor den Grabsteinen, als sei von den verstorbenen Seemännern und Kapitänswitwen nicht nur Ablenkung, sondern auch Trost zu erwarten, wie von der hier und da in Stein gemeißelten Behauptung, dass die Liebe ewig währt. Und tatsächlich gelang es Winkler, sich wenigstens für kurze Zeit abzulenken, waren doch auf einigen Grabstellen Findlinge aufgestellt, kleiner, aber doch jenem ähnlich, der am Morgen den Bagger gezwungen hatte, unverrichteter Dinge abzuziehen und damit Frau Petersens Pläne vom perfekten Paradies zu vereiteln. Als er seine Hand auf einen der

Steine legte, sah es aus, als gedenke er voller Schmerz dem dort begrabenen Toten, und das Lächeln, das sich dann auf seinem Gesicht abzeichnete, sei einer schönen Erinnerung an dessen Leben geschuldet und nicht der Schadenfreude, die ihm für einen Moment Trost spendete. Fasziniert beobachtete er eine alte Frau, die mit einem Rechen ein Muster auf den Gehweg vor einem Grab harkte, so etwas hatte er seit Jahren nicht mehr gesehen. In Marmor gravierte Segler kreuzen die Gräber, auf einigen blühten Astern, er dachte an seine Mutter, die gesagt hatte, nach dem Tod sei ihr alles egal, nur sollten auf ihrem Grab keine Astern stehen, alles, nur keine Astern. Die Gräber seiner Eltern waren schon seit Jahren aufgelöst, abgeräumt, wie man sagt, und neu belegt, auf den Steinen waren keine Segler gewesen, nicht einmal Anker, die Namen waren inzwischen abgefräst und durch neue ersetzt worden. Britta sah er vor einer Reihe gleichförmiger, mit jeweils zwei blechbeschlagenen Brettern überdachter Holzkreuze stehen, wahrscheinlich waren es Kriegsgräber, und Winkler fragte sich, ob sie auch in diesem Moment vor den Kriegsgräbern glaubte, dass alles nur noch schlimmer kommen könne. Auf dem dunklen Holz des Kirchturms leuchteten dünne langgezogene Schlieren von weißem Vogelkot. Ein kleiner Vogel stürzte sich aus einer Nische unterhalb des Daches, fing seinen Fall mit ein paar Flügelschlägen auf, stieg wieder empor, schwebte in einem sanften Abschwung weiter, flatterte hoch und wiederholte diese Bewegungen mehrmals, so dass es schien, als hüpfe er fröhlich durch die Luft oder zeichne im Flug die Bögen einer über den Friedhof gespannten Girlande nach. Das Knirschen des Kieses unter seinen Füßen empfand Winkler als angenehm, doch schon nach ein paar Schritten stieß er neben einer flach auf dem Boden liegenden Marmorplatte auf zwei bleiche pausbäckige Kinderköpfe aus Terrakotta, vielleicht stellten sie Engel dar, allerdings fehlten die Flügel, dafür waren die Lippen zu lustigen Kussmündern geformt, oder sie pfiffen ein Lied, aber den Köpfen fehlte die Schädeldecke, aus den von Locken umrandeten Öffnungen sprießten Stiefmütterchen. Eine Weile nahm ihn der Anblick gefangen, er überlegte, ob die Empfänglichkeit für Kitsch bei manchen Menschen den Blick für das Makabre verschleierte. Es war aber auch möglich, dass er die fehlenden Schädeldecken nur als solche wahrnahm, weil ihm schon die zum Kuss oder zum Pfiff gespitzten Lippen makaber erschienen, doch dann suchten seine Augen über die Grabsteine, die Thuja-und Buchsbaumhecken hinweg nach Britta, die gerade vor einem mit bunten Windrädern und Plüschtieren geschmückten Kindergrab stand und nun, von Anteilnahme überwältigt, so wirkte, als sei sie in Trauer. In diesem Moment war er sich sicher, dass er diese Frau liebte. Und er würde es ihr sagen, er würde am Ausgang auf sie warten, dachte er voller Vorfreude, und er würde ihr vorschlagen, es morgen noch einmal mit der Kirche zu versuchen. Aber als Britta dann kam, brachte er doch kein Wort heraus, er lächelte nur verlegen, und sie gingen schweigend zurück ins *Seeparadies*.

7

Als sie im *Seeparadies* ankamen, herrschte eine seltsam aufgeregte Stimmung. Die meisten Gäste waren von ihren Ausflügen zurückgekehrt, manche mochten müde sein, andere aufgekratzt, doch niemand war in seinem Zimmer verschwunden, sie standen in kleinen Gruppen im Hof oder drängten sich um das Loch, das einmal eine Baugrube werden sollte, umrundeten verwirrt die Absperrung, schüttelten ratlos die Köpfe, und nur ihre überschaubare Anzahl verhinderte, dass sie sich schubsten oder auf die Füße traten. Sie starrten ungläubig in die immer noch flache Sandkuhle, als blickten sie in einen riesigen Krater, der während ihrer Abwesenheit entstanden sein musste, durch den Einschlag eines Meteoriten vielleicht, und womöglich nur der Vorbote eines noch größeren Unheils war. Winkler hatte sich am Morgen über das Auftauchen des Findlings gefreut, aus Rücksicht auf Frau Petersen nur klammheimlich, und auch jetzt schwieg er und versuchte seine ketzerischen Gedanken hinter einer in Falten gelegten Stirn zu verbergen. Die anderen konnten ihre Blicke nicht von der Grube abwenden, und wenn, dann nur, um zu sehen, ob auch die anderen sahen, was es zu sehen gab. Zu sehen gab es nicht viel, aber gerade das machte die Sache groß und unheimlich. Dann konnten sie die Stille nicht mehr ertragen, denn es war vor allem diese unheimliche Ruhe, die schwer auf ihnen lastete. Ein älterer Herr sprach von der letzten Eiszeit, als sei er dabei gewesen. So hat es ja kommen müssen, rief eine Frau und schickte einen verängstigten Blick zum Himmel, der sich jetzt tatsächlich bedeckt zeigte. Der Wetterbericht habe für die nächsten Tage Unwetter vorausgesagt, wusste ihr Mann zu berichten, während ein anderer kurzerhand das Absperrband überkletterte, in die Grube sprang und sich auf den knietief unter der Grasnarbe wie der Buckel eines Wals aus dem Sand wölbenden Findling stellte. Er posierte, wen auch immer nachäffend, mit knallbuntem Hemd, kurzen Shorts und weißen Tennissocken, und als seine Frau ihn endlich fotografierte, spreizte er mit grinsendem Gesicht rechtzeitig zwei Finger seiner rechten Hand zum Victory-Zeichen, als hätte er tatsächlich Moby-Dick zur Strecke gebracht. Die Aufmerksamkeit der Zuschauer ging jetzt auf den Mann über, einige hofften wohl, dass er auf dem glatten Walbuckel abrutschen würde, aber nichts passierte, noch passierte nichts, nur dass er nun, weil auch andere noch ein Foto schießen wollten, zur Abwechslung eine Faust mit nach oben gestrecktem Daumen vorzeigte. Fotos, dachte Winkler, gehörten auch zu der wachsenden Zahl der Dinge, die ihm in letzter Zeit überflüssig vorkamen. In der Mehrheit aber waren jene, die sich auskannten oder wenigstens so taten, Routiniers, die das alles schon irgendwo so oder so ähnlich erlebt hatten, selbsternannte Experten, die sich nicht aus der Ruhe bringen lassen, immer wissen, wo es langgeht und natürlich auch jetzt Rat gewusst hätten, wenn man sie nur fragen und auf sie hören würde, aber natürlich fragte man hier wie überall immer die Falschen. Gefragt oder nicht, mit Worten und Gesten wurde schwadroniert und gefachsimpelt, der Einsatz möglicher Technik erwogen, wurden Gewicht und Größe geschätzt, Berechnungen angestellt, ein besonders Eifriger krempelte sich schon die Ärmel seines Hemdes hoch, aber das mochte an den für Oktober ungewöhnlich milden Temperaturen dieses Spätnachmittags liegen. Denn tatsächlich war es viel zu warm, in Sibirien taue der Permafrost, die Natur schlage zurück, sagte eine Frau, als müsse auch das Erscheinen des Findlings mit der Klimaerwärmung in Zusammenhang stehen. Die Stimmung änderte sich auch nicht, als Frau Petersen die Szene betrat, drei Mal vergnügt in die Hände klatschte und verkündete, heute Abend gebe es für alle eine Überraschung, denn nun wurde spekuliert, um welche Art Überraschung es sich handeln könnte. Ein Feuerwerk? Eine Ostalgie-Party oder doch lieber ein zünftiges Oktoberfest? Der Auftritt des örtlichen Chanty-Chors? Oder ob sie mit dem rätselhaften Ereignis, das sich während ihrer Abwesenheit abgespielt hatte, in Zusammenhang steht, doch bevor die Chefin hätte befragt werden können, eilte sie schon wieder zurück ins Hauptgebäude, in ihr Reich, wie sie es nannte, wobei sie dem etwas gelangweilt auf der Raucherinsel stehenden Winkler aufmunternd zuzwinkerte, vielleicht weil der inzwischen seine Frau wiedergefunden hatte. Wie geht's denn nun weiter?, fragte Winkler und rang sich eine Mine des Bedauerns ab. Ach, machte sie und winkte ab. Der Architekt überlege noch, vielleicht werde das Technische Hilfswerk kommen oder ein paar Polen, die Grenze sei ja zum Glück nicht weit. Mateusz war auch aus Polen gekommen. Winkler dachte an den schlaksigen, schwarzgelockten Kerl, der sie alle um einen Kopf überragt hatte. Sie mochten damals dreizehn oder vierzehn gewesen sein, und ihre Schulklasse war zu einem Feldeinsatz beim Rübenverziehen eingeteilt. An diesem Tag wurde ihnen ein neuer Mitschüler vorgestellt, Mateusz, der mit seinen Eltern, warum auch immer, vor ein paar Tagen aus der Nähe von Krakau ins Dorf gezogen war. Möglich, dass er ganz gut Rübenverziehen konnte, Deutsch jedenfalls konnte er nicht. Auf so einen Fall war weder die Dorfschule noch sonst jemand im Rathaus vorbereitet, weshalb Weitzmann auf die Idee kam, der Neue solle die Rüben erstmal Rüben sein lassen und stattdessen mit jemandem Deutsch lernen. Die Wahl fiel auf Winkler, der so seine ersten Deutschstunden gab. Er erinnerte sich nicht, ob die Aufgabe ihn stolz gemacht hatte oder verzweifeln ließ. Ein paar Tage ging er jedenfalls mit Mateusz durchs Dorf und durch die elterliche Wohnung, zeigte hier auf den Tisch oder den Fernseher, da auf den Zaun oder ein Verkehrsschild, sagte Tisch oder Fernseher, Zaun oder Verkehrsschild und ließ den Polen, der wahrscheinlich lieber Rüben verzogen hätte, die Wörter nachsprechen. Der Erfolg hielt sich in Grenzen, Mateusz saß auch danach schweigend in der Klasse, einige Wochen lang, bis sein Platz nach den Sommerferien und noch vor der Rübenernte eines Tages leer blieb, weil seine Eltern, warum auch immer, wieder mit ihm weggezogen waren, keiner wusste wohin. Die Polen sollen ja, was man so hört, ganz ordentlich zupacken können, sagte Winkler zu Frau Petersen, die schon wieder abwinkte. Na hoffentlich, sagte sie.

Britta war da schon auf dem Weg zu ihrem Klabautermann-Zimmer, was sollte sie auch im Hof Maulaffen feilhalten, im altbewährten Hotel an der Promenade, mochte sie denken, wäre man von solch unliebsamen Überraschungen sicher verschont geblieben. Winkler schaute ihr hinterher, er liebte sie, gewiss, aber das war nicht mehr die Britta, die ihm einst Zettel geschrieben hatte, auf denen Sprüche standen wie *Wer sich nicht in Gefahr begibt, kommt um* oder *Die meisten Lösungen liegen jenseits der Losungen*. Er wollte ihr gerade folgen, als ihn jemand um eine Zigarette bat. Der Mann stand hinter ihm, Winkler hatte nur seine Stimme gehört, er hatte sie sofort erkannt, aber war das möglich?, wo kam Bergthaler plötzlich her?, doch als er sich umdrehte, sah er einen Mann, bei dem kaum etwas an Bergthaler erinnerte. Er war viel jünger, außerdem blond, er trug eine Brille mit goldgefassten Gläsern, alles in diesem jungenhaften Gesicht war blass und kontrastierte mit einem auffällig bunten, großblumigen Hemd, das Bergthaler wahrscheinlich Anlass zu einem Schwulenwitz gewesen wäre. Winkler fiel das Wort Paradiesvogel ein. Neben dem Fremden standen drei große Aluminiumkoffer. Habe ich Sie erschreckt?, fragte der Mann. Ihre Stimme, sagte Winkler und hielt ihm die Schachtel hin, ich glaubte, jemanden erkannt zu haben. Und das hat sie erschreckt?, tut mir leid. Winkler winkte ab und gab ihm Feuer, dann wollte er gehen. Warten Sie, rauchen wir doch eine zusammen, schlug der andere vor, es klang fast gönnerhaft, als stammten die Zigaretten von ihm. Winkler tat ihm den Gefallen, er zündete sich eine Zigarette an und schwieg. Der andere lächelte, spöttisch und mit einer Spur Herausforderung, er schien darauf zu warten, dass Winkler ihm etwas anvertraue und überzeugt, dass sein Warten nicht vergebens sein würde. Winkler vermied es, den Mann länger anzusehen, er starrte auf die Hauswand, die den Hintergrund abgegeben haben musste für jenes Foto im Speisesaal, das den erlegten Hirsch zeigte und das Imponiergehabe der schnauzbärtigen Jäger. Unterhalb der Dachkante bemerkte er kleine Lehmbögen, die Reste einiger Schwalbennester, wahrscheinlich hatte Frau Petersen die Nester zerstört oder zerstören lassen, noch bevor sie vollendet gewesen waren, weil Schwalben, sollten sie einmal brüten, jedes Frühjahr zu ihren Nestern zurückkehrten, sie selbst aber in ihrem Paradies keine Vogelschisse duldete. Eine Frau lief vorüber, sie hatte aus dem Auto ihr Schminkköfferchen geholt, schlenkerte es über den Hof, es hatte die gleiche Farbe wie der Wagen. Die beiden Männer schienen das bemerkt und nicht an Zufall geglaubt zu haben, sie lächelten einander zu, komplizenhaft und herablassend zugleich, als wüssten sie über Frauen Bescheid, deren Schminkköfferchen die gleiche Farbe hat wie ihr Auto. Winkler ärgerte das Kumpelhafte dieses Lächelns, er überlegte, ob der andere vielleicht der von Frau Petersen alarmierte Architekt sein könnte. Aber trugen Architekten nicht meistens schwarz? Er wollte etwas über seinen Sohn erzählen und ließ es bleiben. Er hatte sich getäuscht, das war alles, trotzdem, die Stimme war ihm bekannt vorgekommen. Vielleicht war es ein ehemaliger Schüler? Er mochte solche zufälligen Begegnungen nicht, bei denen jeder seine Ratlosigkeit unter einem Panzer aus Höflichkeiten verbarg, während die Erinnerung manches zur Karikatur verzerrte, manches zum Idealbild verklärte. Klassentreffen seiner ehemaligen Schüler blieb er grundsätzlich fern, auch wenn die Tatsache, hin und wieder eingeladen zu werden, ihm schmeichelte. Meist wurde es bei solchen Begegnungen peinlich, jeder sah im anderen den Mitwisser einer vergangenen Beschämung, der Schüler hatte das Gefühl, noch immer abgefragt und zensiert zu werden, der Lehrer argwöhnte, der Schüler könnte sich im Stillen über ihn lustig machen, wie er es sicher auch früher hinter seinem Rücken getan hatte. Winkler fuhr sich durchs Haar, als müsse er seine Frisur ordnen. Er war froh, dass der andere nichts sagte, trotzdem wurde ihm die

Situation gerade durch das Schweigen unangenehm. Sie sind sicher wegen Frau Petersens Problem hier?, hörte er sich sagen. Ach was, Probleme, antwortete der andere, die Petersen übertreibt mal wieder, sie wird schon eine Lösung finden. Na ja, gab Winkler zu bedenken, von Übertreibung könne keine Rede sein, immerhin habe er ihn selbst gesehen. Ihn? Den Findling, was sonst. Das ratlose Gesicht des Blonden ließ bei Winkler den Verdacht aufkommen, dass jener vielleicht doch nicht Bescheid wusste. Statt einer Erklärung bot er ihm erstmal eine weitere Zigarette an. Diese gelassen aus der hingehaltenen Schachtel fummelnd, schien dem Gegenüber jedoch jede Neugier fremd, was Winkler etwas kränkte. Nur die gerade angezündete Zigarette hielt ihn jetzt vom Gehen ab. Wieder das beiderseitige Schweigen. Britta, dachte er, wäre jetzt sicher irgendetwas eingefallen, eine nette Anekdote vielleicht oder wenigstens eine Floskel, er hingegen wischte schuljungenhaft mit der Schuhspitze einen kleinen Halbkreis in den Staub. Er hoffte, irgendetwas würde passieren und hatte Angst, es könnte das Falsche sein. Auch mit Bergthaler hatte es solche Momente der Beklommenheit gegeben, nicht auf der Raucherinsel, denn Bergthaler war Nichtraucher, auch noch nicht auf dem Schulhof, erst viel später, als das Gleichgewicht gestört war und Bergthaler, wenn Winkler von seinen Reisen erzählte, von Theaterbesuchen oder neuen Büchern, nichts zu erwidern hatte und schweigend zuhörte, nicht wehmütig oder traurig, sondern meist mit einem Lächeln, als mache er sich insgeheim über Winkler und dessen Leben lustig. Paris, Venedig, London, all die einst unerreichbaren Sehnsuchtsorte, er winkte nur ab. Er sei ja mit seinem Taxi schon mindestens einmal um die Welt gefahren, hatte Bergthaler, der früher immer von Reisen geträumt hatte, einmal gesagt. Der Blonde lächelte noch immer. Wir machen nur ein paar Tage Urlaub hier, stammelte Winkler, mein Gott, man konnte nichts Blöderes sagen. Urlaub im Paradies, sagte sein Gegenüber, beneidenswert, er dagegen müsse… Das Problem beheben, fiel Winkler ihm ins Wort. Er wolle nur jemanden besuchen, der hier arbeite, ließ der Blonde endlich die Katze aus dem Sack. Ach, machte Winkler. Sollte dieser Jüngling etwa der Freund von Britta der Jüngeren sein? Oder vielleicht der jüngere Bruder? Der hatte inzwischen seine Zigarette ausgedrückt, jetzt nahm er die Brille ab, hauchte gegen die Gläser und rieb sie mit dem Zipfel seines Hemdes blank. Wahrscheinlich konnte er in diesem Moment nicht viel sehen, Winkler fielen die Lichtbildervorträge über die Urlaubsreisen ein, mit denen sein Vater manchmal seine Gäste unterhalten hatte. Wenn die nur mit einem Plastikrahmen ohne Glas gefassten Dias während der ausschweifenden Erklärungen des Vaters zu lange vom heißen Licht der Projektorlampe durchstrahlt wurden, verwarfen sie sich mit einem floppenden Geräusch, und das Bild an der Wand wurde mit einem Schlag unscharf. Natürlich, schoss es ihm in den Sinn, das Hemd, die drei silbernen Equipment-Koffer, der Mann musste Alleinunterhalter sein! So eine Stimmungskanone, die früher bei Firmenjubiläen und Familienfesten herumalberten, ein ewiger Pausenclown, der jetzt in seiner Freizeit natürlich etwas maulfaul war. Gab es das überhaupt noch? Hatte nicht Frau Petersen von einer Überraschung gesprochen? Vielleicht würde man sogar tanzen müssen, oder dieser Gaukler zog einem im Vorbeigehen das Portemonnaie aus der Tasche und präsentierte es dann der johlenden Menge. Na, Prost Mahlzeit, dachte er und war, als er den Mann endlich stehenließ, fest entschlossen, dem heutigen Abendessen fernzubleiben.

Britta hatte sich inzwischen die Haare gewaschen. Im Bademantel, ein Handtuch zu einem Turban geschlungen, saß sie neben dem aufgeschlagenen Notizbuch auf der Couch und telefonierte. Das heißt, sie hatte das Handy am Ohr, sagte aber nichts. Winkler fragte, ob er störe, sie schüttelte den Kopf. Dann nickte sie, aber das schien ihrem Gesprächspartner zu gelten. Als er hinter ihr stand und sich ein frisches Hemd aus dem Schrank nahm, lachte sie kurz auf, sagte aber noch immer kein Wort. Selbst als sie das Gespräch dann beendete, vernahm er nur ein knappes *bis später*. Hast du mit einem Alleinunterhalter gesprochen?, versuchte er einen Scherz, den sie nicht verstand. Das war dein Sohn, sagte sie. Es ist immer noch unser Sohn, knurrte er unter dem verschwitzten T-Shirt, das er sich gerade über den Kopf zog. Und?, fragte er. Er sei beschäftigt, sagte Britta, sie solle es später noch einmal versuchen. Warum rufst Du eigentlich Jürgen nicht einfach mal an?, rief sie auf dem Weg ins Bad. Du weißt doch genau, mit dem ist nicht... In diesem Moment begann der Fön zu fauchen, ein bedrohliches Surren wie nach einem Stich ins Wespennest, wenn die aufgebrachten Tiere... Verdammt!, fluchte Winkler, aber es war kein Wespenstich, er hatte nur das Hemd falsch zugeknöpft. Und doch, es schmerzte ihn schon, als er sich eingestehen musste, dass Brittas Frage vielleicht nicht ganz unberechtigt war. Wie oft hatte er seinen Schülern bei einem Streit gepredigt, sie sollten sich einfach eingestehen, dass keiner eine ideale Lösung habe, dass jeder ein Stückchen von seiner Position zurückweichen müsse, dass Nachgeben keine Schwäche sei. Schon gut, sagte sie, als sie wieder im Zimmer stand, schon gut, ich meine ja nur, alle reden von der gespaltenen Gesellschaft, die wieder vereint werden müsse, und du schaffst es nicht einmal, einen alten Freund anzurufen. Ich habe Urlaub, sagte er trotzig, wechselte aber gleich den Tonfall. Wie wäre es, wenn wir heute, an unserem letzten Abend hier, ausgehen und in unserem Hotel an der Promenade zu Abend essen? Meinst du das ernst?, fragte sie erstaunt. Natürlich, sagte er, ein bisschen Abwechslung wird uns guttun, oder würdest du Marianne Rosenberg vermissen? Sie gehört zu uns wie der Klabautermann an der Tür,

trällerte sie belustigt, und er begann, mit den Fingern gegen den Schrank zu trommeln. Du weißt doch ganz genau..., nahm sie mitten im Trommelwirbel den von ihm vor Minuten begonnen Satz auf, ließ ihn aber nicht unvollendet. Du weißt doch ganz genau, wir haben Halbpension gebucht. Da konnte Winkler trommeln, wie er wollte, Brittas Entscheidung stand fest: Bezahlt ist bezahlt!
Bis zur von Frau Petersen angekündigten Überraschung war indes noch etwas Zeit. Britta würde sie brauchen, denn was zieht man für eine Überraschung an? Winkler wusste es auch nicht, obwohl die Überraschung, wie er glaubte, für ihn keine mehr sein würde. Im Kleiderschrank aber stand immerhin noch eine Flasche Rotwein. Oder möchtest du lieber Kaffee? Brittas gespielt strafender Blick, ihr vergeblicher Versuch, das Lächeln zu unterdrücken. Sie lächelte auch, als er die Weingläser im Schrank ließ und die Zahnputzbecher aus dem Bad holte, wie damals in Bergthalers Puff, wie damals in der kleinen Wohnung mit den Zetteln an der Tür. Man müsste die Zeit einfrieren können, dachte Winkler, wie sie eingefroren war im Sterbezimmer jenes Dichtermuseums. Sie prosteten sich zu, und er fragte, ob sie sich noch an die Fotografien erinnern könne, die in Bergthalers Wohnung an den Wänden hingen, damals in ihrer ersten Nacht. Schrecklich, sagte sie. Und wie Bergthaler dann gegen die Tür gehämmert und eine Nachzahlung verlangt hatte. Ja, sagte sie, Jürgen sei

immer zur rechten Zeit aufgetaucht, nicht nur als ihre Wehen einsetzten, auch in jener ersten Nacht schon, heute könne Winkler doch zugeben, dass er über die Störung erleichtert gewesen sei, denn sie sei ja damals wirklich… nun ja… unersättlich gewesen, und er hätte doch eine Pause nötig gehabt. Ach was, protzte er, damals hätte ich… Wir waren eben jung, sagte sie und das klang, als müsse sie sich für etwas entschuldigen. Oder hattet ihr das sogar abgesprochen? Winkler schüttelte den Kopf, lachte, versuchte sie zu umarmen, wobei etwas Rotwein aus ihrem Becher auf den Bademantel schwappte. Schnell, zieh ihn aus, rief er, und tatsächlich stellte sie ihren Becher auf den Tisch, stand auf und ließ den Bademantel von ihren Schultern gleiten. Nackt stand sie vor ihm, er sah sie an, sah sie auch im verglasten Wandbild gespiegelt unter Palmen stehen, nackt am himmelblauen Meer unter meerblauem Himmel und fühlte sich endlich im wahren *Seeparadies* angekommen. Wir haben noch genügend Zeit, sagte er und ließ sie nicht aus den Augen, während die Hand mit dem Becher nach dem Tisch tastete, die andere nach ihr griff. Salz, sagte sie, da müsse jetzt ganz schnell Salz drauf.

Ein paar Tage nach jener ersten Nacht, behauptete Winkler, habe ein Zettel an seiner Tür gehangen: *Ein treuer Freund ist manchmal auch ein großer Schmerz.* Britta, die sich inzwischen einen weiten Pullover übergeworfen hatte, der wenigstens eine Schulter freiließ, konnte sich an den Satz nicht erinnern.

Winkler dachte an Bergthaler, Britta sagte, sie sorge sich um Beate. Der Mensch könne ganz gut allein zurechtkommen, aber sie sei sich nicht sicher, ob Beate das könne. Beates Mann habe sie nicht ausstehen können, sich das aber nicht anmerken lassen. Sie hätten so viel gemeinsam gehabt, Beate und sie, aber an diesem Mann hätten sich ihre Geister geschieden. Die Liebe sei eben keine Sache des Verstandes, sagte Britta, aber das sei ja nun auch vorbei, und das finde sie nun doch irgendwie schade. Aus dem Dachgeschoss waren Schritte zu hören, dann ein Poltern, als falle ein Stuhl um. Draußen krächzte eine Krähe. Winkler wollte Wein nachschenken, aber die Flasche war leer. Eine Weile hielt er sie über den Becher, ein letzter Tropfen blieb lange an der Öffnung hängen, löste sich dann, letzte Nacht, sagte er, habe ich von Bergthaler geträumt. Er stellte die Flasche ab, schaute sie an. Ich hatte den Traum vergessen, jetzt ist er mir, vielleicht wegen der leeren Flasche, wieder eingefallen. Wir haben versucht, den Leuchtturm zu besteigen, über eine steinerne Wendeltreppe, die sich an der Innenseite des Turmes in die Höhe schraubte, geländerlos, nicht enden wollend. In der Mitte des Turmes klaffte ein Loch, ein sich in der Schwärze der Tiefe verlierender Schlund. Bergthaler ist vorangegangen, ich bin ihm gefolgt, zögernd nur, widerwillig, aber ich bin ihm gefolgt, die rechte Schulter an der Wand schleifend und habe, obwohl ich, wie du weißt, nicht an Höhenangst leide, in Gedanken immer wieder das Fallen durchgespielt, durchlitten, das Fallen ins Nichts. Manchmal ist Bergthaler stehengeblieben, hat auf mich gewartet, hat mir seine Hand entgegengestreckt, aber immer, wenn ich nach der helfenden Hand greifen wollte, ist das Gefühl des Fallens umso stärker geworden, sind meine Beine unter mir weggesackt. Je höher wir stiegen, desto schmaler wurde die Treppe, so dass man bald nur noch seitlich gehen konnte, den Rücken gegen die Wand gepresst, die Handflächen auf dem Putz. Warum, fragte Britta, bist du nicht einfach umgekehrt? Es sei ein Traum gewesen, sagte Winkler, und im Traum stelle man sich manche Fragen eben nicht, schon gar nicht handele man logisch. Im Inneren des Turmes setzte dann so etwas wie Schneefall ein, nein, kein Schneefall, ein Wirbel von Herbstblättern, erst waren es Blätter, dann Fotografien. Ich habe versucht, nach den Fotografien zu greifen, sie aber nicht zu fassen bekommen, weil ich mich nicht von der Wand lösen konnte. Dann ein Schnitt, wie er in Träumen ja nicht unüblich ist, plötzlich haben wir auf einer Plattform gestanden, die ebenfalls ohne Geländer war, es war dunkel, und über uns hat nur der Lichtstrahl des Scheinwerfers gekreist. Und Wind, Wind hat geweht. Unten klatschte das Wasser gegen die Steine, aber immer, wenn der Lichtstrahl über die Steine strich, sah ich, dass es Köpfe waren, Schädel, die angeschwemmt worden waren und gegeneinander schlugen. Bergthaler hat eine Rede gehalten, an deren Inhalt ich mich aber nicht erinnere, mich auch nicht erinnern will. Die Bilder bleiben länger im Kopf als die Worte, sagte Winkler, nicht nur die der Träume, es sind immer die Bilder.

Vor dem Fenster erschien der Himmel vergoldet, im Zimmer war es düster geworden, an der Decke sah man den Rauchmelder blinken. Brittas weiße Schulter leuchtete. Winkler griff noch einmal nach der Flasche, hob sie an, stellte sie wieder ab. Er habe dem einen Staat die kalte Schulter gezeigt, hat Bergthaler einmal zu mir gesagt, meinte Winkler, dann habe der andere Staat ihm die kalte Schulter gezeigt. Im Schlafraum stand noch immer das Fenster offen, der Wind hielt die Möwen auf dem Vorhang in der Schwebe. Der Anblick des sich bauschenden Vorhangs erinnerte ihn an die Windflüchter nahe der Abbruchkante der Küste, er wusste nicht, ob er ihre sich gegen den beständig wehenden Wind behauptende Existenz bewundern sollte oder ob ihre aus Anpassung an die Verhältnisse resultierende Verkrüppelung nicht ein Zeichen von Schwäche war. Ist dir nicht kalt?, fragte er. Britta nickte. Winkler stand auf, beugte sich von hinten über sie, küsste ihre Schulter und breitete dann eine Decke über ihren Körper. Danke, sagt sie lächelnd, aber ich muss mich jetzt anziehen. Er sah sie noch einen Moment in der dunklen Fläche des Fernsehbildschirms gespiegelt, dann huschte sie aus dem Bild, die Decke glitt zu Boden, er hob sie nicht auf.

8

Es sollte eine Überraschung sein, und das war es auch, obwohl Frau Petersen behauptete, das sei im *Seeparadies* bereits eine schöne Tradition, schließlich gehöre es zur Philosophie des Hauses, sich kennenzulernen und sich als eine große Familie zu verstehen. Winkler hatte einen Alleinunterhalter erwartet und nun das, eine abendliche Zwangszusammenführung bei Aufhebung der für ein Abendessen üblichen Sitzordnung, einige Tische waren dafür bereits neu angeordnet worden. Der Ärger über den durch höhere Gewalt aus der Tiefe vorläufig verhinderten Baubeginn war Frau Petersen nicht mehr anzumerken, im Gegenteil, erstaunlich gutgelaunt hatte sie es sich nicht nehmen lassen, die ahnungslos eintreffenden Gäste persönlich zu informieren und schien sichtlich Freude an deren Verblüffung zu haben. Die meisten reagierten auch durchaus beglückt, hofften wahrscheinlich auf eine neue Bekanntschaft, einen Urlaubsflirt, vielleicht sogar ein erotisches Abenteuer, gelegentlich begegnete ihr aber auch ein nur mühsam unterdrücktes Entsetzen, das sie verlegen hinweglächelte, um dann, ein wenig gekränkt, hier etwas zurechtzurücken, dort etwas in Ordnung zu bringen. Ein Schreck war es auch für Winkler, der mit Britta zwar seinen angestammten Platz fand, aber feststellen musste, dass der Tisch vergrößert und für vier Personen eingedeckt war. Die Bemer-

kung, schon immer gegen Halbpension gewesen zu sein und nur Brittas Wunsch nach Bequemlichkeit nachgegeben zu haben, unterdrückte er, denn auch sie schien über das vorgefundene Arrangement nicht gerade glücklich. Als sie sich hilfesuchend umblickten, sahen sie die zwei älteren Witwen, die, vom absolvierten Survival-Kurs noch etwas mitgenommen, durch die Ankündigung von Frau Petersen neue Kraft zu schöpfen schienen, sie fuchtelten mit den Armen und kamen schon in ihre Richtung, bis sich Britta die Jüngere, wie Winkler sie nun insgeheim nannte, als Retterin ihnen in den Weg stellte und mit ausgebreiteten Armen zu einem anderen Tisch dirigierte wie ein Paar verwirrter Gänse. Aber war es wirklich eine Rettung? Denn da waren ja noch die Schramms, die ihren Ausflug zum Leuchtturm trotz Gegenwind wahrscheinlich auch überlebt hatten, und während man sich an den anderen Tischen schon zurechtgerückt hatte, Höflichkeiten ausgetauscht wurden und Interesse vorgespielt, während in den ersten vom Zufall und Frau Petersen zusammengewürfelten Runden die Verlegenheit gewichen war, schon gescherzt und gelacht und sich ins Wort gefallen wurde, waren an Winklers Tisch noch immer zwei Plätze frei. Der Name auf den Tischkarten ließ keinen Zweifel, wer an diesem Abend zu ihnen gehörte, vermutlich hatte auch Marianne Rosenberg ihre Finger im Spiel.
Und dann, was für ein Zufall, kamen sie, Herr und Frau Schramm, leicht verspätet zwar, aber immer

noch innerhalb des akademischen Viertels. Wir hatten ja schon mehrfach das Vergnügen, sagte Herr Schramm vergnügt, hängte sein Jackett mit den lederverstärkten Ellenbogen über die Stuhllehne, strich noch einmal mit der Hand über das Fischgrätenmuster und wollte, dass man ihn Heiner nenne. Und das, fügte er an Britta gewandt hinzu, ist die Isolde. Und schaute dabei auf sein Publikum wie ein Zauberer, der gerade ein Kaninchen aus dem Zylinder gezogen hat. Die Isolde indes, ihr Haar war noch feucht vom Duschen, zog ein Gesicht, als wäre sie am liebsten in den Zylinder zurückgekrochen, ließ sich dann aber mit einem tiefen Seufzer auf ihren Stuhl fallen, und die Theatralik, mit der sie das tat, ließ ahnen, dass nun ein längerer Exkurs über ihren aufopferungsvollen Kampf gegen den Wind zu erwarten war. Vorher aber stellte Isolde den links neben dem Pfefferstreuer stehenden Salzstreuer auf die andere Seite, offenbar hatte sie ein festes Ordnungsprinzip für Salz- und Pfefferstreuer. Dann griff sie nach einem Stück Brot und räsonierte über ihren Blutzuckerspiegel. Waren das Sommersprossen auf ihrer Haut oder Altersflecken? Der Leuchtturm, hört man, soll ein Kraftort sein, sagte Winkler. Der Rotwein hatte seinen Ärger etwas gedämpft, ihn aber angriffslustig gemacht. Der folgende Disput der Schramms über die tatsächlich an der Küste herrschende Windstärke glich einer in langen Ehejahren eingeübten Wechselrede, bei der er ihr Übertreibung, sie ihm mangelnde Empathie unterstellte, und wurde von Frau Petersen unterbrochen, die unbemerkt an ihren Tisch geweht worden war und verkündete, der Aperitif gehe heute selbstverständlich auf Kosten des Hauses. Sie trug einen Pullover mit einer Applikation aus silbernen Pailletten, es sah aus, als wäre ein Stück Haut einer Nixe aufgenäht. Ihre Frage, ob sonst alles recht sei, wurde mit einem vierfachen höflichen Kopfnicken bejaht. Er, behauptete Winkler mit erhobenem Glas in Richtung Isolde, fahre übrigens schon seit längerem nur noch mit dem Elektrorad, was ihm einen strafenden Seitenblick von Britta einbrachte, bei Herrn Schramm aber einen kleinen Hustenanfall auslöste. Mit einer entschiedenen Geste zog er dann selbst den Schlussstrich unter das heikle Thema und sagte, man müsse ja nicht allen Blödsinn mitmachen, und die Bequemlichkeit sei der Anfang allen Übels. Ein Fahrrad ist ein Fahrrad ist ein Fahrrad, dachte Winkler, und dann kam mit der Vorspeise, Sie sind doch hoffentlich keine Vegetarier, hatte Frau Petersen am Eingang gewarnt, auch schon, schließlich sollte man sich kennenlernen, die Frage nach den jeweiligen Berufen auf den Tisch. Schramm hatte sie gestellt und gab, zumindest was ihn betraf, auch gleich die Antwort: Mathematik und Physik. Es klang wie ein Peitschenhieb. Dann wurde er sanfter und hängte dem Studienrat genüsslich ein *emeritus* an, als sei das der eigentliche akademische Grad, und das, sagte er, habe er sich auch verdient, bestand aber mit keinen

Widerspruch duldendem Nachdruck und in aller Bescheidenheit noch einmal darauf, in dieser fröhlichen Runde lediglich mit Heiner angesprochen zu werden. Winkler sah sich schon als junger Kollege betitelt, manchen seiner Schülerinnen galt er als alter weißer Mann, besser vielleicht, er würde einfach Taxifahrer sagen. Aber bevor er etwas sagen konnte, wollte Frau Schramm sich, obwohl niemand das beabsichtigt hatte, den Haushalt von niemandem kleinreden lassen, hinter jedem erfolgreichen Mann, sagte sie, stehe eine... Schon gut Liebling, unterbrach Schramm sie und legte seine Hand auf die ihre. Heute, murmelte sie dennoch trotzig, wollten ja alle studieren, man sehe ja, wohin das führe. Wohin denn?, fragte Winkler. Na ja, sagte sie. Die Heringshappen jedenfalls fand sie eine Spur zu salzig, ich nehme, verkündete sie, auch immer ein gekochtes Ei dazu, Heiner mag das so. Und Sie?, fragte Heiner. Oh, machte Winkler, er kenne sich mit Rezepten nicht so gut aus. Schramm grinste, er meine natürlich den Beruf. Winklers Behauptung, er arbeite beim Bayerischen Münzkontor, fand Isolde spannend, man höre es aber gar nicht, sie hätte eher auf Sachsen getippt, während Britta die Flunkerei unter dem Tisch mit einem leichten Tritt gegen sein Schienbein quittierte. Heiners Gabel indes verharrte auf dem halben Weg zum Mund, in seinen Augen blitzte freudige Erwartung, so dass Winkler fürchten musste, der emeritierte Studienrat werde sich gleich als Numismatiker

outen. Er sei nur im Vertrieb beschäftigt, baute er vor und beschloss dann, möglichen Nachfragen vorerst durch eine Flucht zu entkommen. Er müsse mal für kleine Sachsen, sagte er, was Isolde ein gackerndes Schulmädchenkichern entlockte.
Auf dem Weg zur Toilette hielt er nach dem vermeintlichen Alleinunterhalter Ausschau, entdeckte ihn allerdings nirgends, dafür erhaschte er einen Blick von Britta der Jüngeren, die gerade ein mit Gläsern gefülltes Tablett an einen Tisch balancierte, einen Blick, der geheimnisvoll war und ihn glauben ließ, sie wolle ihm gleich folgen und das nicht nur auf eine Zigarettenpause. Gab es so etwas nicht nur in Filmen? Aber da war doch dieser Anflug eines Nickens, waren die hochgezogenen Augenbrauen und diese kaum merkliche, die Richtung weisende Drehung ihres Kopfes, vielleicht sogar ein Zucken der freien Hand. In seinem Kopf lief nun wirklich ein Film auf seinen Höhepunkt zu. Im wahren Leben aber ging es nicht so schnell, er wartete und wartete, obwohl das Warten nicht zu seinen Stärken zählte. Wenigstens nutzte er die Zeit, um sich zwischen Waschbecken und Urinal über sein Smartphone mit einigen grundlegenden numismatischen Fakten zu bewaffnen, mit denen er die Schramms zu beeindrucken gedachte, denn mit einigen wie nebenbei eingestreuten Fachbegriffen den Anschein von Sachkenntnis zu erwecken, das war, er hatte es allzu oft erleben müssen, wirkungsvoller als fundiertes Wissen, man musste nur selbstsicher

auftreten und gehörig auf den Putz hauen, mit einem großen Maul kam man eben weiter als mit einem Rucksack voller Fragen und Zweifel. Als er vor dem Pissbecken stand, spürte er seine weichen Knie, was, grübelte er, wenn sie ihm wirklich folgen würde, besser wäre es vielleicht, sie käme nicht. Direkt vor seinem Gesicht, gerahmt wie das Tropenplakat im Schlafzimmer, hing eine Werbung des örtlichen Uhrmachers. Urologe wäre passender, dachte er belustigt. Im Urinal stand über dem Abfluss ein kleines Fußballtor mit einem an der Querlatte hängendem Ball, den es mit dem Strahl zu treffen galt, was ihm ganz gut gelang. Er hatte Übung darin, an der Seite von Bergthaler hatte er schon als Kind im Garten von dessen Eltern immer wieder auf ein paar Brennnesseln gepisst, bis sich die Blätter nach ein paar Wochen braun gefärbt hatten und die Pflanzen schließlich eingegangen waren. Auch Bergthaler, dachte er dann und knöpfte sich die Hose zu, hatte ein großes Maul, während ihn, Winkler, die Zweifel und Fragen quälten, aber vielleicht, dachte er sich beim Händewaschen, war es auch umgekehrt, er selbst hatte ein großes Maul, während Bergthaler Fragen hatte und Zweifel. Er wartete vergeblich. Ach was, sagte er sich, er hatte nicht gewartet.

Gleich nach seiner Rückkehr neigte Isolde ihm ihren Kopf zu, als plane sie eine Verschwörung, erzählte dann etwas umständlich von einigen Goldmünzen, die ihr durch eine Erbschaft zugefallen seien, und erbat sich eine Expertise. Gigantenprägung?, fragte Winkler. Oh, machte Isolde, die Münzen seien eher klein. Nun, die Größe ist nicht immer entscheidend, da gebe es ganz andere Kriterien, gab Winkler den Experten, so aus dem Stehgreif sei das schwierig, man müsse erstmal eine Stempelanalyse machen, trotzdem, allein der Materialwert… Das gehöre nun wirklich nicht hierher, schnitt Heiner ihm das Wort ab, wahrscheinlich, weil man über Geld nun mal nicht spricht, mit Fremden schon gar nicht. So entstand eine Pause, in der Isolde beleidigt schwieg und Heiner mit dem als Möwe getarnten Salzstreuer spielte. Er trug an diesem Abend eine Brille, hatte sie aber vor die Stirn geschoben, vermutlich war er weitsichtig. Nun ließ er seine Brauen zucken, wodurch die Brille auf die Nase rutschte, wahrscheinlich hatte er sie nur für diesen Trick aufgesetzt, denn gleich danach nahm er sie ab, klappte die Bügel um und schob sie in die Brusttasche seines Jacketts, an dessen linkem Revers ein… nein, kein Parteizeichen, aber immerhin ein fingernagelgroßer Button aufblitzte, zu kurz, als dass Winkler seine Bedeutung erkennen konnte. Ihm kam die Pause minutenlang vor, hilfesuchend blickte er zu Britta, die bisher eisern geschwiegen hatte und nun endlich, wie er hoffte, das Gespräch an sich reißen würde, denn Britta konnte über vieles reden, vor allem aber konnte sie den Eindruck erwecken, sich für alles zu interessieren und besaß außerdem das, woran es ihm fehlte, nämlich Geduld. Doch sie ließ ihn zappeln, langsam und mit süffisanter Mine schwenkte sie ihr Glas und schien gewillt, dem Schmelzen des Eiswürfels bis zum Ende kommentarlos zuzusehen, was aber Frau Petersen nicht entgangen war, die nun als rettender Engel erschien und nach den weiteren Getränkewünschen fragte. Die Bestellung zog sich hin, weil Heiner die genaue Herkunft und den Jahrgang des angebotenen Rotweins, Isolde aber den Unterschied zwischen Radler und Alsterwasser wissen wollte. Das, mischte Winkler sich ein, ist wie beim Groschen und einem Zehnpfennigstück. Ach, machte Isolde. Er hatte sich für Bier entschieden und wollte sich bis zu dessen Eintreffen gerade für eine Zigarette eine weitere Auszeit nehmen, als Britta plötzlich den Rest des Eiswürfels in den Mund nahm, ihn zerbiss und dabei mit einem Knirschen vernehmen ließ, dass sie beim Jugendamt arbeite, in letzter Zeit vor allem mit ausländischen Minderjährigen und Jugendlichen mit Migrationshintergrund. Die Schramms schauten sich entgeistert an, ganz kurz nur, als hätten sie, was nun eingetreten war, befürchtet, oder würden in etwas hineingezogen, mit dem sie auf keinen Fall in Verbindung gebracht werden wollten, wobei zunächst unklar blieb, ob das Knirschen des Eises oder die Wörter Jugendamt und Migrationshintergrund sie erschreckt hatten. Einen Moment herrschte wieder betretenes Schweigen, nur ab und zu ein verlegenes Hüsteln, dann nahm Isolde all ihren Mut zusammen, tupfte sich, vielleicht um Zeit zu gewinnen, mit der Serviette die Lippen ab, stieß erneut ein Ach! aus und fand auch Brittas Beruf spannend. Und nützlich, beeilte sich Heiner anzufügen, während Frau Petersen die Getränke brachte, bitter nötig sogar, es gerieten ja immer wieder Leute auf die schiefe Bahn, weil es ihnen heute an geeigneter Führung fehle, wenn er daran denke, wie es in diesem Land heutzutage in den Schulen zugehe, die Gören tanzten den Lehrern auf der Nase rum, er sei froh, dass er das alles hinter sich habe. Isolde, die bisher immer, wenn jemand sprach, ihre Stirn in Falten gelegt, den Mund zu einer Schnute verzogen und kaum merklich den Kopf geschüttelt hatte, als müsse sie das Gesagte erst einmal in Zweifel ziehen, nickte jetzt eifrig. Heiner, rief sie dann, reg dich nicht so auf, du weißt doch, dein Herz! Sein Bruder, müssen Sie wissen, im letzten Jahr, sagte sie, obwohl er nie geraucht und nie einen Tropfen Alkohol getrunken hat, immer kerngesund, und dann plötzlich das Herz, die Ärzte haben ihn mit ihren Maschinen umgebracht. Der präparierte Fischkopf an der Wand fletschte die Zähne. Heiner schlürfte einen Schluck, zerbiss die Flüssigkeit zwischen schnell klappernden Zähnen, wiegte den Kopf, runzelte die Stirn, was soll's, man war im Norden, da hieß es in Weinfragen gnädig sein. Winkler sah aus dem Fenster, wo es jetzt schon dunkel war, so dass er eine Weile nur in sein von der Scheibe gespiegeltes Gesicht starrte, dann aber wurde es plötzlich hell, weil Frau

Petersen schon wieder neben ihn getreten war und der Silberflitter ihres Pullovers im Fensterbild sein Gesicht umrahmte wie bei einer Ikone. Einer der alten Damen vom Survival-Kurs war ein kleines Stück Brot unter den Tisch gefallen, schnell schob sie einen Fuß nach vorn und stellte ihren Schuh auf die Krume, um das Missgeschick zu verbergen. Winkler hatte es aus den Augenwinkeln gesehen, aber eigentlich wartete er auf Britta die Jüngere, die jetzt den Hauptgang brachte. Das ist es, was ich meine, hörte er den gewesenen Studienrat sagen, als der mit unverhohlenem Blick die Spinnwebe fixierte, die ihrerseits bei jedem Teller, den die Kellnerin auf den Tisch stellte, an deren Ellenbogen zu wippen schien, als zapple darin eine Fliege. Winkler hätte sie gern verteidigt, aber er schwieg und ärgerte sich darüber. Hübsch, sagte Britta, aber er fand, es klang eine Spur zu herablassend, so als lobe sie ein Kind für etwas, mit dem sie im Grunde nichts anfangen konnte. Oder meinte sie nur die Blüten auf dem Tellerrand? Oh Gott, seufzte Isolde, wer soll denn das alles essen?! Winkler hoffte auf eine versteckte Geste, einen Blick, auf irgendein Zeichen, aber am Tisch stand nur eine vielbeschäftigte Bedienung, und so bescherte ihm das Wiener Schnitzel dann nur die Erkenntnis, dass auch im Paradies die Messer stumpf waren. Er trank wieder viel zu schnell.

Im Speisesaal war das Gemurmel der Stimmen verebbt und abgelöst worden von einem Durcheinander

der Töne, aus dem sich das Klappern der Bestecke und das Scheppern des Geschirrs hervortaten, gelegentlich hörte man ein Gläserklingen. Isolde schien an einem Bissen zu würgen. Winkler spürte, wie die Müdigkeit ihn langsam betäubte, die Geräusche zu einem sanften Plätschern von Wasser abdämpfte, er verbarg sein Gähnen hinter vorgehaltener Hand. Vielleicht lag es auch am Alkohol. Gab es heute Abend denn keine Musik? Der Studienrat zog kopfschüttelnd den fast noch halbvollen Teller seiner Frau zu sich herüber, machte sich mit großen Augen über die Reste her und ließ nur die Blüten übrig. Kaum aber hatte er sein Besteck beiseitegelegt, wurden seine Augen schmal, er schob die Unterlippe nach vorn, und dabei neigte sich sein Oberkörper zurück, so weit, dass die linke Hand bei ausgestrecktem Arm auf der Tischkante lag, wo die Finger abwechselnd nach oben zuckten, der Daumen, der Zeigefinger, der Mittelfinger, der Ringfinger, nur der kleine Finger blieb ruhig. Winkler sah ihn in Gedanken vor der Klasse stehen, die Hände auf dem Rücken ineinandergelegt und auf den Zehenspitzen wippend. Na dann, wandte Schramm sich an Britta: Nun erzählen Sie uns doch mal einen Schwank aus dem Sozialamt, aber bitte, kurzes Augenzwinkern zum Münzspezialisten, keinen billigen Groschenroman, sondern was Handfestes aus der Unterschicht. Britta brachte ein gequältes Lächeln zustande. Zu seiner eigenen Überraschung sprang Winkler ihr bei, sie hätten sich versprochen, das Thema Arbeit während ihrer freien Tage unerwähnt zu lassen, er bitte, dies zu respektieren. Ach was, wischte Schramm den Einwand wie ein paar lästige Brotkrumen vom Tisch, die Arbeit, lieber Winker, im Grunde mögen wir sie doch, von den Klienten ihrer Frau mal abgesehen, aber wem sage ich das. Britta starrte Richtung Fenster, wo es nichts zu sehen gab, obwohl draußen, wie es Winkler vorkam, jemand mit einer Taschenlampe im Hof herumirrte, auch glaubte er ein Geräusch zu hören, als schabe der Ast eines Baumes an der Scheibe, Britta schien es nicht bemerkt zu haben, wahrscheinlich dachte sie an ihr Erlebnis mit den Türken. Winkler war froh, dass sie schwieg. *Etiam tacere est respondere*, wie der Lateiner sagt, rief der emeritierte Studienrat. Seine Bemerkung, dass man so etwas heute an einer deutschen Gesamtschule natürlich nicht mehr lerne, schien wie beiläufig hingemurmelt, doch sein Blick versicherte sich der Wirkung seiner Worte, dann hob er sein Glas und nahm einen großen Schluck, bei dem er vor allem seine Überlegenheit auszukosten schien. Auch Winkler hatte sich inzwischen Rotwein kommen lassen, vielleicht lag es daran, dass er plötzlich Lust verspürte, den alten Lateiner zu provozieren. Er legte sein Smartphone auf den Tisch, tippte zum Schein etwas darauf herum und bat Heiner, seine Worte zu wiederholen, er habe da ein ausgezeichnetes Übersetzungsprogramm, sagte er, übrigens von einem Jungen aus seiner Nachbarschaft installiert. Isolde fand auch das natürlich spannend und wollte eine Probe, sage doch was Heiner, forderte sie, sei doch kein Spielverderber, der aber tippte sich nur an die Stirn und zeigte dann auf das Smartphone, hier müsse man es haben, nicht da. Aber egal, wenn keiner reden will, dann schauen wir uns eben Katzenvideos an, die sollen ja in diesen Geräten besonders reizend sein. Der Punkt, musste Winkler sich eingestehen, ging an Schramm. Es brauchte wohl schwerere Geschütze, um ihn zu provozieren. Britta jedenfalls war heute in Sachen Kommunikation eine Enttäuschung, trotzdem würde er ihren Wunsch respektieren und die Geschichte mit den Türken nicht erwähnen.

Winkler schaute sich um, suchte nach Frau Petersen, als müsse die nun die Verantwortung für ihre Überraschungsidee übernehmen und ihn aus seiner misslichen Lage befreien. Ein Mann, in dem er jenen erkannte, der vor Stunden auf dem Findling posiert hatte, benetzte seine Serviette mit Wasser und versuchte, damit unter den missbilligen Blicken seiner Frau einen Fleck aus seiner Hose zu reiben. Frau Petersen war nicht zu sehen, doch als sie kurz darauf tatsächlich an ihren Tisch trat, wirkte sie müde, ihre Augen waren leicht gerötet, und als sie fragte, ob sie sich gut unterhielten, nickte er bloß und bat höflich um ein neues Glas Wein. Was bist du für ein elender Feigling, dachte er, auch gegenüber Bergthaler bist du viel zu lange ein Feigling gewesen. Aber war es wirklich Feigheit, oder war er sich nur seiner Argumente nicht sicher gewesen? Kaum hatte er an Bergthaler gedacht, schien ihm Bergthaler die Rettung zu sein. Wie dieser einst ihn, fixierte er nun Schramm mit einem Grinsen, in dem eine Mischung aus Überheblichkeit, Spott und Abweisung lag, und, Bergthaler imitierend, behauptete er, das Latein sei erst der Anfang, längst gebe es auch ein Interesse, alles, was deutsch sei, zu eliminieren, unsere Sprache, unsere Lebensart, unsere Werte, rief er, und obwohl es auf der Hand läge, dürfe man das heute nicht mehr sagen. Er redete und trank, er trank viel und redete viel, er redete laut und mit fremder Zunge und ignorierte die Fußtritte, mit denen Britta ihn zum Schweigen bringen wollte, schon eher machte der Alkohol seine Zunge schwer, und wie er manchmal mit der flachen Hand auf den Lehrertisch schlug, um seinen Worten Nachdruck zu verleihen, schlug er dann bei jeder Silbe mit dem Löffel gegen den Stiel des Weinglases, so wie Schramm gestern den Takt dieses Schlagers an seinem Weinglas mitgeklimpert hatte. Und während er die Mut-ter-spra-che und das Va-ter-land in Gefahr sah, während ein Ich-ha-be-die-Schnau-ze-voll vom Weinglas klirrte und Speicheltröpfchen über den Tisch spritzten, schwirrte ihm plötzlich auch das alberne Lied wieder durch den Kopf. *Er gehört zu mir, wie mein Name an der Tür.*

Dann herrschte wieder eine Weile Schweigen, bis Isolde auf ihre Uhr schaute und fand, dass es nun

Zeit für den Nachtisch sei, sie habe sich, wie sie sagte, dafür extra noch ein Eckchen in ihrem Magen freigehalten. Britta dagegen schien der Appetit vergangen zu sein, es sei ein anstrengender Tag gewesen, vielleicht sei es besser, ihn jetzt zu beenden, sie jedenfalls sei schrecklich müde und müsse heute auch noch ihre Freundin anrufen. Heiner rückte sich auf seinem Stuhl zurecht, ja, ja, die Müdigkeit, sagte er dann, die Trägheit, die Bequemlichkeit des Duldens, das seien auch nur Produkte der heute üblichen sogenannten Erziehung, die von Leuten verantwortet würde, die er nicht mehr seine Kollegen nennen könne, dabei gelte es wachsam zu sein und den Anfängen zu wehren, wenn ihm diese Anleihe bei der linken Rhetorik ausnahmsweise erlaubt sei. Die Lunte wird kürzer, irgendwann knallt es, und die Müden werden erschrecken! Winkler musste einsehen, dass sein Angriff ins Leere gelaufen war, weil Schramm nun all seinen fingierten Aussagen zustimmte, seine Worte ließen keinen Zweifel daran, dass er zu jenen gehörte, die wussten, wie es früher war, nämlich besser, die wussten, wie es in Zukunft werden würde, nämlich schlechter. Selbst die Existenz der von Winkler nur angedeuteten ominösen Kreise, die im Hintergrund die Fäden ziehen und Intrigen gegen das Volk spinnen, lag für Schramm auf der Hand und bedurfte keiner Erklärung, warum auch, Winkler wisse ja ohnehin Bescheid, auch wenn er offenbar erst des Alkohols bedurft habe, um sich dazu zu bekennen: *in vino veritas.* Und schnalzte bei den letzten Worten mit der Zunge und leckte sich die Lippen, heute Morgen am Strand, fuhr er fort und wollte nach Winklers Hand greifen, heute Morgen habe Winkler sich zwar noch etwas introvertiert gegeben, aber er, Schramm, habe es schon da geahnt, der habe sein Herz auf dem rechten Fleck, der wisse seinen Kopf zu gebrauchen, er sage nur Menschenkenntnis, und dabei legte er, weil Winkler seine Hand rechtzeitig zurückgezogen und sein Glas ergriffen hatte, nun den Zeigefinder auf das rechte untere Augenlid und zog es ein Stück nach unten, er jedenfalls könne sich auf seine Menschenkenntnis verlassen.

Sie warteten den Nachtisch nicht ab, Winkler leistete keinen Widerstand, als Britta ihre Hand unter seinen Arm schob und ihn quasi abführte, wobei er es sich nicht nehmen ließ, schon im Stehen, hastig das letzte Glas zu leeren, das Glas so entschlossen wie möglich wieder auf den Tisch zu stellen und dann, nachdem er sich mit dem Handrücken über den Mund gewischt hat, erst an Schramm vorbei, dann durch Schramm hindurchsehend und mit federnden Knien gehend, die in den letzten Tagen so oft gehörte Melodie zu pfeifen: *Er gehört zu mir, wie mein Name an der Tür.*

Der Tag neigte sich dem zu Ende zu, aber Brittas Programm tat es noch nicht. Sie machte ihm keine Vorwürfe, noch nicht, dachte Winkler, denn es sollte ein versöhnlicher Abschluss werden, sie wollte nun die Sterne sehen. Hier im Paradies, zwischen der spärlichen Bebauung, hatte sie schon am Tag ihrer Ankunft frohlockt, stünden die Chancen gut, besser jedenfalls, hatte sie überraschend hinzugefügt, als vor dem Hotel an der gut, aber eben viel zu hell ausgeleuchteten Promenade, vielleicht könne man sogar die Milchstraße sehen. An den letzten Abenden aber war der Himmel bedeckt gewesen, doch diesmal sahen sie die Sterne, dutzende Sterne, hunderte, allerdings nicht am Himmel, sondern aufgereiht an Lichterketten, die sich in sanften Bögen über den Hof schwangen und die Konturen der Häuser mit hellen Tupfern nachzeichneten, darüber verbarg sich der Himmel, als herrsche gerade ein dichter Hochnebel. Wie auf dem Weihnachtsmarkt, sagte Winkler und ahnte, dass die weihnachtliche Illumination aus drei Aluminiumkoffern aufgestiegen war, während sie am Tisch gesessen hatten, und ihm das Funzeln einer Taschenlampe und das Schaben an der Scheibe aufgefallen war. Britta war enttäuscht, und wenn sie dennoch im Hof stehen blieb, so nur deshalb, weil sie meinte, die frische Luft könne Winkler nicht schaden. Sie zog ihn zum Tor, ging mit ihm ein paar Schritte in die Dunkelheit, in der Ferne war das Blinken des Leuchtturms oder einer der Skandinavienfähren zu erahnen. An der Straße blitzten ab und zu die Lichter eines Autos auf und strichen dann zuckend durch die Allee. Es war nun schon recht kalt, aber das störte sie nicht. Der Wind hatte sich gelegt.

Hinter dem Bullauge im Giebel des Hauses leuchtete ein schwaches Licht, zu schwach, um das Geweih sichtbar werden zu lassen, aber stark genug, einen Vollmond vorzutäuschen, der unter den Hochnebel getaucht sein musste und nun an der Hauswand klebte. Vielleicht liegt hinter dem Bullauge das Zimmer, in dem Britta die Jüngere sich später schlafen legen würde, dachte Winkler. Und dann hörten sie es, aus dem nahen Wald musste es kommen, ein langgezogenes, kehliges Brüllen, das manchmal in ein heiseres Bellen überging, dann wieder dunkel und klagend anschwoll zu einem kraftstrotzenden Röhren, von dem die Luft zu zittern schien, kein Zweifel, die Brunftschreie der Hirsche. Sag nichts, sagte sie, als könne sie seine Gedanken erahnen. Er sagte nichts, schlang nur seinen Arm um ihre Hüfte, zog sie fest an sich, eine Weile ließ sie es geschehen, und er hatte Lust, ihr statt eines Brunftschreis wenigstens seinen Atem ins Ohr zu hauchen, doch sie ahnte auch das und wand sich rechtzeitig aus der Umklammerung. Ihr Bedarf an Überraschungen sei für heute gedeckt, sagte sie, sie wolle nur noch schlafen. Noch immer leuchtete dieser opalene Bullaugenmond an der Giebelwand, auch wenn er abzunehmen schien, je näher sie auf das Haus zugingen, wobei er freilich keine Sichel, sondern eine konvexe Linse formte und ganz verschwand, als sie die Giebelwand passiert hatten. Lass mich noch eine Zigarette rauchen, sagte Winkler.

Der Boden der Raucherinsel schien zu schwanken, Winkler stand wie auf dem Deck eines Schiffes und hatte Mühe, sich eine Zigarette anzuzünden. Die Lichterketten hoben und senkten sich im trägen Takt eines gemäßigten Seegangs, bis sie, als stürze das Paradies in sich zusammen, plötzlich erloschen. *Die wahren Paradiese sind die, die man verlorenen hat.* Er dachte an Proust und starrte in den Himmel, unter dessen Schwärze die Konturen der Umgebung verschwunden waren. Aus dem Dunkel sah er in den Speisesaal, wo Britta die Jüngere den Schramms ihren Nachtisch servierte, zum Rauchen, dachte er, würde sie jetzt keine Zeit haben, aber vielleicht würde sie wenigstens das Glimmen seiner Zigarette bemerken. Die erleuchteten Fenster versprachen Geborgenheit, doch er fröstelte. Langsam den Rauch ausblasend, dachte er an die Nebelwolken, die vor den Mäulern der Hirsche aufstiegen, deren Röhren er jetzt nur noch als leises Grollen aus der Ferne vernahm. Winkler war müde, aber er ahnte, dass er auch in dieser Nacht im *Seeparadies* schlecht schlafen würde.

Die Entstehung dieses Werkes wurde durch ein Stipendium der Kulturstiftung des Freistaates Sachsen unterstützt.

Alle Rechte vorbehalten. Kein Teil dieser Publikation darf in irgendeiner Form oder in irgendeinem Medium reproduziert oder verwendet werden, weder in technischen noch in elektronischen Medien, eingeschlossen Fotokopien und digitale Bearbeitung, Speicherung etc.

Bibliografische Information der Deutschen Nationalbibliothek
Die Deutsche Nationalbibliothek verzeichnet die Publikation in der Deutschen Nationalbibliografie; detaillierte bibliografische Daten sind im Internet über http://dnb.de abrufbar.

© 2024 müry salzmann
Salzburg – Wien
Lektorat: Mona Müry
Gestaltung: Müry Salzmann Verlag
Druck: GGP Media GmbH, Pößneck
ISBN 978-3-99014-255-4
www.muerysalzmann.com